伯里斯・格爾肖
重獲青春的死靈法師。
CHARACTER
To Burris the Spellcaster and His Family Dependent

洛特巴爾德
亡靈殿堂的骸骨大君。
ROTHBART
CHARACTER
To Burris the Spellcaster and His Family Dependent

GOBOOKS
& SITAK
GROUP©

GOBOOKS
& SITAK
GROUP ©

三日月書版

三日月書版

三日月書版
BL030
volume
{01}
Novel. matthia
Illust. shu
致施法者
Burris the Spellcaster and
伯里斯閣下及家屬

To Burris the Spellcaster and His Family Dependent

致施法者 伯里斯閣下及家屬

To Burris the Spellcaster and His Family Dependent

CONTENTS

致施法者
To Burris the Spellcaster and His Family Dependent
伯里斯閣下及家屬

Chapter 01

致施法者伯里斯閣下及家屬

金屬渡鴉繞著高塔盤旋而上，懸停在頂層房間的窗外。室內傳來一句短促的咒語聲，將窗前無形的壁障打開了一角。渡鴉趕緊鑽進室內，落在了書架高處。

「導師，我來看您了。」它發出年輕女子的聲音，「我在塔下，帶了一點東西給您。」

死靈法師伯里斯「嗯」了一聲，繼續埋頭在羊皮紙卷裡。金屬渡鴉從原處飛了出去，徐徐下降，落在一位金髮女士的小臂上。她做了個手勢，鳥兒瞬間變成一枚銀戒指，穩穩地戴在她的左手上。等塔門上的黑色符文全部褪去後，女子提起長袍拾級而上，塔內有一臺泛著藍光的浮碟正在等待著她。

她優雅地搭上浮碟，等升到最高層，女子走了下來，在書房前禮貌地敲了敲門。屋裡的人說了聲「請進」，可女子卻遲疑了，她輕輕攥了攥拳頭，在掌心準備好一個攻擊法術。

「我說了，請進。妳在等什麼？見我不需要補妝。」屋裡的聲音催促道。

女子一側的眉毛抖了抖：「什麼？難道您……」

「覺得我的聲音不一樣了？」導師似乎看穿了她的心思，「妳進來看看就明白了。」

女子推開門。這間書房和她記憶中沒什麼區別，依然寬闊而稍顯凌亂，而且充滿草藥的味道。有區別的是坐在書堆之中的那個人，她的導師、高塔的主人——死靈法師伯里斯。

伯里斯今年已經高齡八十四歲，可是書桌前的人，卻是一個看上去還不到二十歲的蒼白青年。

「艾絲緹，妳需要吃驚這麼久嗎？」突然變年輕的導師問。

女子很快維持住了端莊的表情，小心翼翼地走進書房：「導師，您換身體了？」

「嗯，換了。」伯里斯站起身，移動到沙發上，「事出突然，沒來得及提前告訴妳。」

「您的身體出了什麼問題嗎？」

法師嘆口氣：「最近我的關節炎越來越嚴重，心臟也一直不舒服，前幾天我還突發了一次心絞痛。那把老骨頭可能不行了，我隨時都有猝死的危險。時間緊迫，我就趕緊找了具屍體把靈魂移了過來。」

艾絲緹坐到導師對面，上下打量了一下：「導師，恕我冒昧……您為什麼要選擇這具屍體？」

伯里斯低頭看了看自己：「他是個廚師，飲酒過量而死，才十九歲。他來工作時簽了協議，願意死後把屍體有償捐贈給我，他老家的親人會收到報酬。」

察覺到自己的學徒滿臉糾結，伯里斯對她擺擺手：「妳還想問什麼，問吧，我又不是妳那死氣沉沉的父親，不會覺得妳冒犯的。」

於是艾絲緹實話實說：「這具身體是足夠年輕，但難道您沒發現……他沒有耳朵嗎？」

致施法者伯里斯閣下及家屬

伯里斯嘆氣：「我當然發現了。將就著用吧，戴上帽兜勉強能遮住。唉，這孩子是先天殘疾。」

「難道您也不介意他少一隻手嗎？」

伯里斯舉起右邊的斷腕：「他年紀輕輕，卻在酒醉後把手插進了絞肉機，這隻手只能截掉了，多可惜。」

「您不介意……他甚至……沒有頭髮嗎？」

法師沉痛地戴上了帽兜：「我當然知道。沒什麼，反正我原本也幾乎沒有頭髮，和耳朵的問題一樣，戴上帽兜能擋一擋。至少這孩子的臉長得還比較端正，不是嗎？」

漂亮女學徒的目光中寫滿了悲憫，伯里斯被看得渾身不自在，便主動解釋道：「這只是暫時容納我靈魂的容器。我自己的身體被保存在祕法精金棺中，將來我還會用到它。現在的身體只是過渡，不是長久之計。畢竟他少一隻手，不太方便。」

「就算只是過渡，您至少可以找健康一點的屍體。」艾絲緹說。

法師搖搖頭：「我這裡有許多健康的屍體，但我不能在這種小事上使用它們。至於它們的作用……妳知道的，艾絲緹。」

學徒的眼睛一亮：「您是指……那支嵌合魔像軍隊？」

「是的。」伯里斯遞給她一面鏡子，鏡面上浮現出此時高塔地底下的情景——空間法術將房間擴大成一個練兵場，場內密密麻麻地站著至少上千具血肉魔像。它們身上融合有數種不同生物的特徵：人類、半龍裔、獸人、巨魔、半獸化狼人等等，而且它們每個都高大強壯，還配有精良的武器。

看著這支軍隊，艾絲緹下意識地捂住嘴，即使身為死靈法師的學徒，她也從未想過能親眼看到嵌合魔像軍隊。

她將鏡子還給導師，說話的語氣都帶了顫音：「三善神在上啊，這真是令人驚嘆……」

伯里斯不滿地說：「親愛的，妳是死靈法師，請不要沒事就呼喚三善神，那不是我們的神。」

「口頭禪而已，畢竟平時我總是這樣說話。」艾絲緹的眼神越發興奮，「導師，難不成您已經找到異界亡者之沼的入口，所以才讓這支軍隊全副武裝地待命？」

伯里斯的目光嚴肅起來：「對，我已經找到入口了。接下來，我將打開一條通道，將入口直接召喚到法師塔門前。」

艾絲緹激動地接話：「只要成功穿過異界亡者之沼，您就可以見到骸骨大君了！」

「是的，這一天我已經等很久了……」「年輕」的老法師微蹙起眉頭，左手輕輕摩挲著身邊法術書籍的皮革封面，「年輕時，我曾經見過骸骨大君。他受到了詛咒，無法

致施法者伯里斯閣下及家屬

徹底離開亡者之沼，只有每隔一百年他才能獲得七天的自由。六十幾年前，我有幸在那七天內遇過他。我和他交換了一個契約，如果我能在有生之年找到徹底解放他的方法，讓他回到我們的世界，他就會成為我的盟友，與我共享力量與知識。」

艾絲緹更激動了，這簡直是傳說級的見聞，恐怕連奧法聯合會的老人們都沒經歷過。

「導師，您打算什麼時候行動？」

伯里斯微笑：「就是今天。我已經組建好軍隊，用以應付穿過亡者之沼時的危險。艾絲緹，我需要妳與我一起進入異界亡者之沼，我掌握了為骸骨大君解除詛咒的方式，這過程需要別人的協助，而妳是最好的助手人選。」

說完，伯里斯向學徒伸出手，艾絲緹主動靠了過去，攙扶起沒有右手、沒有耳朵、甚至沒有頭髮的導師。兩人走到門外站上浮碟，徐徐降到高塔最底層。

伯里斯先打開法師塔的大門，又用法杖指向地下室，地下室的門扉隨之化為透明氣體薄膜，魔像軍隊列隊從氣體中鑽了出來。幾隻帶有巨魔特徵的高大魔像負責擔任先鋒，後面還有亡靈戰馬和騎兵，以及數量眾多的弓兵和步兵。

軍隊從法師塔大門魚貫而出，在空地上肅整待命。兩個法師登上戰車，被軍隊保護在中央，兩側還有幾個魔像專門負責近身護衛。艾絲緹發現戰車上載著導師提過的祕法精金棺，棺材上有一扇水晶窗戶，從中能看到伯里斯原本的身體。

「您……」艾絲緹特別想說：您竟然幫自己化了遺容妝啊，而且技術還挺好的。

當然，這些她沒說出口，而是換了個更有意義的問題：「導師，您帶著自己原本的身體，是打算讓骸骨大君幫您做點什麼嗎？」

伯里斯說：「是的。骸骨大君的力量遠超於亡靈法術之上，也許他能幫我強化這個老態龍鍾的身體。我不太想放棄它，畢竟身體和靈魂的同調問題還是挺重要的。」

說完，伯里斯舉起雙臂，開始對著空氣詠唱。細如髮絲的咒文從他的掌心溢出，隨著他的咒語起舞。他以指尖輕微的動作操縱著咒文，讓它們彼此糾纏交織，漸漸形成一張細密的平面。

平面越織越大、越積越厚，形成了一扇立於空地上的拱形大門。伯里斯放下手，伸出法杖做了個勾取的動作，「吱呀」一聲，門扉打開了。

門的另一邊就是青灰色的異界亡者之沼。那個世界沒有日夜之分，天穹上夕陽與夜空分立於兩端，地面上則永遠煙塵密布、寸草不生。

伯里斯一聲令下，魔像軍隊便穿過大門，向異界前進。艾絲緹有些緊張，雙手緊緊握著戰車的扶手，伯里斯體貼地安撫她：「別怕，會很順利的。」

艾絲緹咬了咬嘴唇：「導師，我不知道今天就要執行這個計畫，所以我準備的法術並不完善……」

伯里斯笑了起來：「沒事的，我不需要妳準備什麼法術。妳這孩子真是太老實了，妳想想，如果我打算讓我們倆拚了命地作戰，那為什麼還要花那麼長的時間製造一支軍隊？」

艾絲緹皺眉：「難道不是因為我們會遇到敵人？」

「是會遇到敵人。我們會遇到原生於位面的阻礙，它們是亡靈能量集合而成的生物，沒有心智，只會對外來者格殺勿論。不過這是個很小的位面，原生生物不算多，我們的軍隊夠用了。」

正說著，遠方地平線上出現了一支騎兵隊。騎手身穿枯骨色鎧甲，騎著漆黑如影子的戰馬，一現身就向魔像大軍全速衝刺而來。距離靠近之後，法師們發現這些騎手的武器竟然是長在身體上的，在衝鋒的過程中，它們的右臂伸長幾英尺，頂端長出鋒利的巨鐮。

伯里斯在戰車周圍設置了一個壁障球，至於戰鬥，他打算讓魔像軍隊自行解決，畢竟他的魔像軍隊有數量上的絕對優勢。如果是人類之間的戰事，也許數量並不等於勝利，但魔像和毫無心智死靈就不一樣了。它們不懼死亡、不知疼痛、不會投降，也不會管什麼計策騙局，它們的使命就是殺敵，只會執行任務，根本不被其他事情左右。在這種情況下，如果單體生物的能力相近，那麼群體數量上的優勢就相當重要了。

在魔像軍隊作戰時，亡靈馬仍拖著戰車繼續前進。過了一會兒，壁障外徹底安靜下來，魔像軍隊折損過半，而巨鐮騎兵已經一個都不剩了。有壁障球的保護，法師們不但沒有被戰鬥波及，甚至連衣袍都乾淨如初。艾絲緹知道導師的法術持續時間很長，只要他不主動解除，估計這個壁障球能維持到天荒地老。

「這樣下去不行。」艾絲緹望向四周，「導師，您帶了修復術卷軸嗎？只靠我們兩個人修不完這麼多魔像……」

「為什麼要修它們？」伯里斯看向她，「消耗品就是這麼用的。」

「但是我們損失太多魔像了！這一波襲擊算是抵擋住了，可如果再來幾次……」

伯里斯笑道：「傻孩子，沒事的。我不是說了嗎？這個位面很小，我們已經找到想找的地方了。」

他抬起法杖指向前方。前方的雲霧更加濃稠，形成了一道完全遮蔽視線的圓柱形牆壁，有點像緩速版的颱風眼。伯里斯說，那就是骸骨大君的棲身之處，他住在死亡之霧構築而成的黑色高塔裡，既是主人，也是囚徒。

伯里斯在學徒的攙扶下走下戰車，用法術浮起棺材，讓它緩緩跟在自己身後。站在死亡之霧築成的塔下，他敬畏地抬起頭：「從這裡開始，我們就得拋下軍隊自己進去了。對了，艾絲緹，妳做我的學徒有多久了？」

艾絲緹想了想：「剛認識您的時候我大概十三歲吧？已經過去十一年了。您為什麼突然想問這個？」

伯里斯說：「有一句話我問過別人，但還沒問過妳。現在我要問妳了——艾絲特琳．帕西亞殿下，請問妳願意為魔法付出多少？面對無限的神祕未知，妳是否願意在奧法之神面前奉上一切？」

他們已經走到了霧牆之前，再走一步就可以進入塔內。艾絲緹停在原地，困惑地看著導師。她不明白伯里斯為什麼突然提起這些，又為什麼突然稱呼她的全名和敬稱。

艾絲緹想了想，決定實話實說：「我不知道，導師。我還年輕，眼界太窄，我不能草率地回答這個問題。」

伯里斯嘆了口氣，示意艾絲緹繼續向前。兩人並肩邁入雲霧，艾絲緹用餘光掃過伯里斯的側臉，導師面帶平靜的微笑，她卻感到一陣顫慄。

霧塔的外觀是豎長形，內部卻是平直向前的寬闊道路。法師們沿路深入，穿過一道大門，來到了一間寬闊得不可思議的拱頂大殿中。

骸骨大君的王座立於大殿深處的高臺上，臺階是黑曜石鋪成，王座由累累屍骨堆砌，一具巨龍骸骨盤踞在王座上方，顱骨空空的眼窩裡燃燒著永不熄滅的火焰。

伯里斯緩步靠近王座，在足夠禮貌的距離停下，對久未謀面的故人行了一禮。

王座上的人和伯里斯一樣穿著黑色斗篷，用帽兜蓋著臉。看到伯里斯，他慢慢站了起來：「吾友？是你嗎？」

「大人，是我。」伯里斯回答，「我遵守了當初的承諾，我來了。」

骸骨大君走下臺階，慢慢摘下帽兜。

看到他的容貌後，站在伯里斯身後的艾絲緹吃了一驚。在她的想像中，骸骨大君的模樣應該和巫妖差不多，乾癟的皮膚緊貼在骨頭上，渾身的骨頭中嵌了不少寶石什麼的。然而此時向他們走來的生物，卻遠遠超出了她的預料。他的頭顱確實是巫妖風格，眼眶裡也有常見的、巫妖和死靈騎士的那種幽火，但他比那些東西多了一對惡魔般的長角和野獸般的獠牙，他暴露在外的皮膚上覆有黑色鱗片，鱗片帶著紅色偏光，遠看猶如血的漣漪。

骸骨大君徑直走到伯里斯面前，伸手挑掉了他的帽兜。接下來發生的事讓旁觀的艾絲緹更吃驚了。骸骨大君先是一陣沉默，然後後退了幾步，用布滿鱗片的手捂住嘴，眼中的幽火閃爍不停。

「伯里斯．格爾肖？」骸骨大君用低沉而充滿威嚴的聲音說，「不，這不可能是你！在我的記憶中，你有著迷人的灰綠色眼睛、柔軟的亞麻色頭髮和靈巧漂亮的雙手。但現在這個……這不可能是你！我眼前的法師相貌平平，沒有耳朵，少了一隻手，甚至沒有頭髮！」

伯里斯尷尬地咳了一聲，指了指身後的棺材：「大人，我已經很老了，隨時有死亡的風險，所以我暫時換了一具身體。我原本的身體在那邊。」

骸骨大君踱步到棺材邊，看了看水晶窗裡老人安詳的面容：「可是……他也沒有頭髮！」

「我已經八十四歲了，大人。」

於是大君又仔細辨認了一下：「哦，是的。仔細一看，這張臉上確實有你昔日的模樣。」

伯里斯又行了一禮，隱晦地催促道：「大人，我遵守承諾，找到了給予您自由的方法，現在我邀請您離開霧塔，前往我的世界。我們何不那時再慢慢敘舊？」

大君點點頭：「有道理。你的方法是什麼？」

伯里斯又回頭看了艾絲緹一眼，艾絲緹莫名地遍體生寒。

「我查閱了無數古書，最終找到了這個辦法。」伯里斯說，「大人，您要做好心理準備，這個方法稍微有些不體面，恐怕會令您發笑。」

「我盡量不笑，你說。」

「我已經事先啟動了數種咒語，成功削弱此位面對您的束縛……呃，現在……在這之後……」

「為什麼吞吞吐吐的，繼續說啊。」

伯里斯轉過身，用枯瘦的手抓住艾絲緹的手腕，將她推到骸骨大君面前：「我將為您獻上白銀血脈、朝霞詠者、騎士王帕西亞的唯一後人——薩戈帝國的艾絲特琳・帕西亞公主。」

「什麼？」艾絲緹大叫一聲。小時候她一直篤信「大人突然喊你的全名肯定沒什麼好事」，原來這一點在成年後也一樣！

她下意識掙開了導師的手，伯里斯的新身體又殘又弱，論力氣根本比不過她。但當她想逃開時，骸骨大君卻按住了她的雙肩。艾絲緹不敢回頭，她能清晰地嗅到骸骨大君身上的死亡氣息，那雙冰冷的、布滿鱗片的手令她渾身發抖。

骸骨大君穩住公主，一臉茫然地看著伯里斯：「你剛才說什麼？」

「我說，我要為您獻上……」

「不是，你說她叫什麼？她的名字怎麼那麼長？」

伯里斯胸口一陣鬱悶。這次會面是怎麼回事？為什麼氣氛和之前想像的完全不一樣？他的法術沒有問題，大君的態度也不錯，可是事態發展卻有種怪怪的感覺……

法師暗暗做出判斷，一定是因為骸骨大君的氣質有問題。記憶中的那位骸骨大君高貴而威嚴，身周布滿令人畏懼的力量，平凡的人類在他面前簡直低賤如塵埃。不過仔細一想，當年的骸骨大君根本沒說過多少話，交談多半都是伯里斯自己說個不停。互換承諾後，骸骨大君就不得不回到異位面了，因此，伯里斯認為自己並不瞭解大君的性格。

「她叫艾絲特琳．帕西亞。」伯里斯盡量耐心解釋著，「您不用記那麼長的稱呼和名字，我平時都叫她『艾絲緹』。」

「你說她是個公主？」大君打量著手裡的女孩，「我看她怎麼更像法師呢？剛才她一直在你身邊，我還以為是你的學徒或女兒。」

「她確實是我的學徒，同時她也是薩戈帝國的公主。大人，您也許不瞭解人類的王國，薩戈帝國是十國邦聯中最強大的國家，他們的王室自稱繼承了遠古的半神血脈……」

骸骨大君對歷史和神話並不感興趣。他仔細觀察著艾絲緹，她法袍的材質比伯里斯的還要高級，身上佩戴的珠寶髮飾款式雖然簡潔卻很有質感，再配上波浪般的黃金長髮以及藍寶石色的雙眸，這確實是一個標準的公主形象。

「我還是很驚訝，」骸骨大君說，「在我的印象裡，人類貴族絕不會沾染祕法，更別提研究死靈法術了。這是怎麼回事？你們的世道究竟墮落成什麼樣了？公主竟然都當了死靈法師？」

伯里斯嘆口氣：「大人，我們還是先處理您的事情，這些細節將來再慢慢討論好嗎？」

「不，我現在就要聽。」大君昂著頭。

「事分輕重緩急……」

「偏不。」

「我是為了您的利益著想……」伯里斯的禿頭上浮起了一層薄汗。

「不光是我的利益，是我們兩個人的利益。我想重獲自由，你也想得到我的助益。所以快講，我非常好奇。」

「好吧。」伯里斯嘆口氣，「是這樣的，多年前，薩戈的國王與王后應邀前往一個東南部的聚落國家，但因為一場蠻族伏擊，他們與隨行大臣失去了聯繫。他們一路躲避追殺，想盡快返回自己的國家，結果誤打誤撞地逃進了『不歸山脈』。」

「不歸山脈是什麼？」

「是我的法師塔所在的地方，那片土地不屬於任何國家，只屬於我個人。總之，飢寒交迫的國王和王后闖進了我的試驗田，拔了我的龍血花，挖了我的黑石草，煮了一鍋看起來像甜菜馬鈴薯湯的東西。吃到一半，王后就昏厥過去了。國王也感到不適，他拚著最後一點力氣抱著妻子來到法師塔，痛哭著求我救救她。當時王后已懷有身孕，情況十分凶險。」

骸骨大君打斷他的話：「讓我猜猜！他們吃掉的作物一定是你種的實驗藥材，對吧？你對此十分憤怒，所以你對王后的孩子施展了殘忍的詛咒……」

「我並沒有……」伯里斯無奈地看向艾絲緹，學徒平靜地盯著地面，似乎已經放棄掙扎。

大君繼續猜測：「要不然就是這樣——你答應救他們，但你有條件，條件就是要他們把即將出生的孩子送給你！所以你得到了艾絲緹公主！你把她關在高塔上，她天天坐在窗戶邊梳理長長的頭髮，還經常唱著歌……」

「有點接近，但並不是這樣。」伯里斯無力地說，「我確實提了條件，條件是不歸山脈要與薩戈帝國互相簽訂協約，我的土地將受到庇護。國王同意了。我還告訴他，王后情況特殊，我雖然能救活她，卻不能保證她腹中孩子未來的健康。那孩子還未出生就遭受劇毒侵襲，將來可能活不過十四歲。

「我建議他們把孩子在年幼時送過來，由我監護調理。確認孩子無恙後，我再交還給他們。但國王不同意。後來時間一年年過去，艾絲緹公主的身體越來越差。一開始皇室把她交給神殿，結果那些人根本沒辦法救她，她的情況仍在一天天惡化。在她十三歲的時候，國王覺得她可能真的要活不過十四歲了，這才快馬加鞭把她送到了我的法師塔。」

骸骨大君的臉上露出非常微妙的表情，由於他的面部結構和人類不一樣，伯里斯分辨不清這表情是什麼意思。

「這麼一看，你好善良啊。」大君感嘆著，「你為什麼無緣無故幫助國王和王后？還拯救了公主？」

「並不是無緣無故。」伯里斯又看了艾絲緹一眼，他能預想到，接下來的話一定會讓她很不舒服，「幫助國王是為和薩戈簽訂協定，拯救公主是為鞏固與他們國家的關係。我總不能只要好處卻不肯付出吧？原本艾絲緹只是我的病人，後來我發現她有施法的天分，她也對生與死之間的祕密展現出極大的興趣，就這樣，她在帝國時是公主，在我這裡則是學徒。我很欣賞她，她也能為我提供助益。」

果然。艾絲緹哀怨地說：「導師，我終於懂了，您說欣賞我的天分什麼的全都是假的。您認同我，只不過是因為我很有用？」

伯里斯看向她，眼神中寫滿了慈愛：「不，我的公主，妳是真的很有天分，我沒有騙妳。妳是我的學徒中年齡最小，卻也是資質最好的。同時，妳也確實很『有用』，這兩者並不矛盾。世上很多事並不是非此即彼，而是眾多原因導致的結果。妳還年輕，等妳老了妳就懂了……」

艾絲緹冷笑著搖頭：「您之前還說需要一個重要的助手，所以要我跟您到這裡來。結果，您只是需要獻祭一個公主，而我恰好是個公主……」

伯里斯大驚：「獻祭？誰要獻祭妳了？傻孩子，妳在想什麼呢？」

「呃……不是嗎？」

「當然不是。」伯里斯清了清嗓子，望向骸骨大君，「大人，剛才我的講解被您打斷了，現在容我重新向您解釋。除了我事先完成的施法之外，想破除詛咒、帶您離開，還需要一個必不可少的步驟。這個步驟是我在古文書中找到的，它聽起來十分簡單、十分古典，而且還有些滑稽。具體做法就是……咳，需要血脈高貴的公主自願對您獻上一吻。」

骸骨大君目瞪口呆：「我是青蛙嗎？」

「您當然不是。」伯里斯說，「請仔細想想，這條件看似簡單，其實很難做到。誰能隨便就找到一個真正的公主？誰能隨便連接異位面的門？誰能隨便減弱詛咒位面的束縛力？誰能輕鬆帶著一個活的公主穿越位面守衛者？誰又能不用強迫的手段讓公主自願獻吻？我為此籌備了很久很久，才能像現在這樣看起來游刃有餘。」

大君點點頭，覺得很有道理。他看了看手中的公主，問她：「那麼，妳來親我一下，我就可以破除身上的詛咒了。」

艾絲緹抬起頭，盯了他一會兒，無奈地親了親他的手背。親完之後，什麼事也沒有發生。

伯里斯提示道：「親吻手背當然不行，要親嘴啊孩子。妳看法術書籍看得不夠多還有情可原，難道妳連童話書也沒看過嗎？公主的吻必須親吻嘴唇才能成功。」

艾絲緹一臉嫌棄：「導師，我一直很尊敬您、信任您，可是您卻什麼都不事先告訴我。您把我騙來這裡，讓我莫名其妙地親一個連嘴唇都沒有的高等不死生物……我好歹是薩戈的公主！我的父王沒有其他子女，所以我不僅是唯一的公主，還是將來王位的第一繼承人！您就是這麼對待未來的女王嗎？公主或女王可以說親誰就親誰嗎？」

伯里斯提醒她：「妳叔叔有兩兒一女，他將來搞不好會對妳做點什麼……」

「我們不是說好了嗎？如果真有那麼一天，您會幫助我的。」

死靈法師說：「所以，孩子，為了將來我們能合作融洽，妳現在總得付出點什麼吧？只是一個吻，又不是要妳的王位或貞潔。妳知道妳眼前這位大人是誰嗎？骸骨大君誕生於神域，遊蕩在亡靈殿堂前的黑湖裡，妳知道有多少施法者曾經試圖尋找他嗎？現在他願意屈尊成為我們的盟友，而妳竟然連一個吻都不願意獻上？孩子，妳也曾在奧法之神面前許諾，願尊魔法為唯一真理，視世俗利益次之，我們在必要時甚至可以獻上自己的靈魂，現在妳卻吝嗇於區區一個吻？」

這段話一聽就背了很久。公主一臉冷漠地聽完，嘆了口氣：「好吧。我可以吻他。不過，我這輩子從未吻過任何一個男人，我不知道該怎麼做。導師，您可以先吻一下大君，為我做個示範嗎？」

「什麼？」伯里斯抓著法杖的手一抖。

「您先和骸骨大君接一次吻，只要您做了，那我也照做不誤。」

致施法者
To Burris the Spellcaster and His Family Dependent
伯里斯閣下及家屬

Chapter 02

伯里斯剛要反駁，骸骨大君卻放開了公主的肩膀，興高采烈地向他伸出雙手：「好啊！吾友，伯里斯・格爾肖！來吧！」

「什麼『來吧』，為什麼您好像很期待？」

「因為我就是很期待。」

「我的吻毫無用處，並不能幫助到您！」

骸骨大君維持著伸出雙手的姿態：「並非毫無用處，它可以讓我心情愉悅。」

「您……您怎麼會是這樣的人？」

「好了，不逗你了。」骸骨大君指了指旁邊的棺材，「我知道這幫不到我，我是想幫你，這也是我們互利的一部分。吾友，我看得出你對現在的身體並不滿意，而你原本的身體已經老態龍鍾，它恐怕連轉化巫妖的法術都承受不住。你想不想重新擁有健康？」

伯里斯愣了愣：「您是說……」

「你來吻我一下，我可以透過這個吻幫你重獲青春。」說著，大君踱到棺材邊，動了動手指，棺材的蓋子便浮了起來，落在一邊，「在親吻的過程中，我得握著他的……哦不，你的手。」他蹲跪下來，捏了一下屍體臉上的皺褶，皺了皺眉，然後握住了屍體的手。

「伯里斯，過來吻我。」

伯里斯猶豫了一下。艾絲緹在旁邊幸災樂禍地慫恿著：「導師，您不是在必要時甚至可以獻上靈魂嗎?您怎麼會吝嗇於區區一個吻?」

骸骨大君向伯里斯伸出另一隻手，示意他快點過去。法師放下法杖，皺著眉緩緩靠近，左手搭在大君布滿堅硬鱗片的掌心中。大君猛一用力，將他整個人扯了過來抱進懷裡。

看著這張蒼白、平凡、沒有耳朵、沒有頭髮的面孔，大君嘖嘖搖頭：「說實話，我想親的並不是這樣的你，所以你別想太多，這純粹是為了施法。」

「我……懂。」伯里斯心裡一陣翻騰。剛才艾絲緹說她從沒吻過男人，可是他也一樣沒吻過啊！不過，和骸骨大君接吻也許並不算親吻「人類」？這一點讓他感到些許欣慰。

骸骨大君骷髏狀的面部上布滿了黑色的細密鱗片，野獸形態的獠牙完全暴露在外，這張臉看上去只適合啖人血肉，並不適合接吻。令大君暗暗敬佩的，是伯里斯近距離面對這副猙獰面孔時，竟毫無驚慌之色，最多只是有點彆扭。

也許是因為死靈法師見過各種奇形怪狀的東西，這種恐怖程度對他們不算什麼。骸骨大君略微有些失望。

他一手拉著伯里斯屍體的手，一手抱著伯里斯現有身體的腰，慢慢把嘴巴向他貼近。

堅硬的牙齒碰觸到柔軟的嘴唇，把帶著力量的咒語推進了伯里斯的嘴裡。法師的身體輕顫了幾下，接著，一陣黑霧從他們腳下升起，將正在親吻的兩人和棺材中的屍體都包裹在內。

艾絲緹飛快地念了一段咒語，施展了一個能看穿魔法黑霧的法術，她發現那具十九歲的禿頭身體正在大君懷中慢慢凋零，而棺材中導師的遺體卻坐了起來。

他不僅坐了起來，還渾身抽搐、雙手亂抓、劇烈咳嗽。他乾癟的血肉重新豐盈，皮膚從灰白變回了健康的顏色，臉上的老人斑迅速褪去，頭上甚至開始長出茂密的頭髮。終於，骸骨大君放開已經變成枯骨的十九歲禿頭屍體，他轉過身，專心看著從棺材裡坐起來的人。

現在靠在大君懷中的，是一個二十歲上下的年輕人。他有著一頭過肩長度的亞麻色頭髮，一雙灰中帶綠、又大又水靈的眼睛，因為剛才的抽搐和咳嗽，他臉上白皙的皮膚隱隱透著緋紅。

艾絲緹嚇得一動不動，她簡直難以置信，這竟然是她那個年過八旬的導師！

她認識伯里斯時，伯里斯就已經七十多歲了。塔中並沒有任何畫像，所以她從沒見過伯里斯年輕時的樣子。歲月簡直是一把屠龍槍，誰能想到天天戴著假牙的老法師曾經是這樣一個清秀少年？

黑霧逐漸散去，骸骨大君對艾絲緹伸出手：「公主，有鏡子嗎？」

「有。」艾絲緹立刻遞上自己的小梳妝鏡，她也挺想看看導師照鏡子時的表情。

年輕的伯里斯還沒清醒過來，他雙眼失焦，氣喘吁吁地靠在大君胸前，一臉精神恍惚的樣子。當大君把鏡子遞到他眼前時，他慢慢睜大雙眼，嘴唇抖了半天才艱難地喊出：「這是我！」

「對，是你。」骸骨大君幫他整理了一下凌亂的頭髮，「當年我見到的你，就是現在這樣子。」

伯里斯一把抓住鏡子：「奧法在上！我簡直栩栩如生！」

骸骨大君得意地說：「你本來就活著。這不是幻術，也不是喚醒亡骸，我讓你的肉體重新回到全盛時期，然後把你的靈魂重新灌了進去，與之同調。」

「奇怪，我好像沒什麼力氣……」伯里斯在大君懷裡掙扎了幾下，他的身體軟綿綿的，不靠著點什麼根本坐不住。

大君說：「因為你的靈魂和身體還沒完全同步。慢慢就會好了，這之前你可能要忍耐一下。」說完，他向艾絲緹伸出手，「好了，公主殿下，現在妳來親我一下，我們就可以回去啦。」

艾絲緹走過去，飛快地吻了一下骸骨大君。很快，大殿開始劇烈搖晃，累累白骨被摔成粉末，黑曜石階梯也分解成細小的碎片。霧塔緩緩移動的牆壁化作旋風，挾裹著白骨與黑曜石的碎片包圍住了大殿。

骸骨大君站起身，深吸一口氣，挺胸昂頭，王座後的龍骸也跟著張開大嘴，二者一起仰望向天穹，發出震耳的怒吼。

在咆哮聲中，所有白骨粉末都向龍骸聚攏，填充它的骨縫，化為它的皮肉。很快，一頭血肉完整的灰色巨龍便出現在三人眼前。巨龍甩了甩尾巴，跳出颶風，颶風向它伸出幾條細細的觸手，變成一套連接著大殿的黑色轡頭。

巨龍鼓起雙翼，帶著整座大殿衝向天空，在地板傾斜的瞬間，骸骨大君一手緊緊摟住伯里斯，一手抓牢艾絲緹，他的視線越過龍脊，看著灰濛濛的天空上露出了一個洞口。洞的另一邊，是人類世界正西沉的夕陽。

伯里斯醒過來的時候，正躺在法師塔休息室裡的長沙發上。外面已天光大亮，看來他昏睡了一整夜。

他的法袍被換成一身長睡衣，頭上被套了一個絲綢內襯的羊絨睡帽，他身上蓋著一層床單、一層薄被、一層絨毯、一層棉被、一層羽絨被和一層長羊絨皮毯。

躺在這堆被子下面，他連翻身都做不到。伯里斯懷疑這就是被活埋的感覺。

他費了好大力氣才掙脫出來，坐在沙發上喘了半天。地毯上擺放著絨毛拖鞋，桌子上備好了奶茶和軟餅乾，靠牆站立的雜務魔像向他一鞠躬：「主人，您休息得怎麼樣？公主殿下和您的客人在會客室等候您。」

伯里斯點點頭，扶著桌子站了起來，走向掛在牆上的鏡子。其實他已經摸到了自己的臉，不用照鏡子也知道是什麼樣子。但當他注視著鏡中的自己時，心臟還是不由得一陣狂跳。

天啊，這年輕的臉孔和身體！頭髮茂密、皮膚光滑、牙齒齊全、關節不疼、視力正常、脊椎直挺、左右轉頭時脖子上沒有刺痛感……奧法在上，現在的自己擁有二十歲的身體和八十四歲的靈魂與記憶。這並不是幻術，也不是欺騙死亡的法術，他是真的徹底變年輕了！

伯里斯嘖嘖讚嘆著，真不愧是身為半神的骸骨大君。人類不可能自由操縱肉體的生老病死，也許可以借助法術附身或轉化巫妖，但本質都只是在操控屍體，並非真正地逃過生死之限。

不過，變年輕也會帶來一些附加的小煩惱。塔內的機關與魔像倒不是問題，它們仍然能認出伯里斯，因為它們辨識的是他的靈魂與獨特的祕法符印；但如果離開這座塔，就可能會遇到各種不便。

伯里斯坐下來，邊喝著奶茶邊思考著，將來還有不少面談和會議等著他，那時他該怎麼解釋現在的情況？也許可以說是幻術？但法師同僚肯定會察覺出異樣……

他正想著，休息室的門「匡噹」一聲被推開了。伯里斯皺了皺眉，印象中艾絲緹不會這麼沒禮貌。然而，走進來的是一個身材高大的年輕男子，有著冰藍色的眼睛和深邃的五官，臉上帶著南方諸國血統的特徵，微捲的黑髮在腦後束成了一個稍稍炸起的小球，身上穿著簡單的棉布襯衫和長褲，赤腳踩在長絨地毯上，一副十分慵懶的樣子。

看到伯里斯後，這人突然張開雙臂，兩眼發亮，哈哈哈地大笑著撲了上來。

伯里斯嚇得差點被嗆到。他下意識地啟動防禦魔法，法術卻沒能阻擋對方，這個陌生人精準地一把抱住他，還極為熱情地在他臉上磨蹭幾下，害他撲通一下又跌回了長沙發上。

因為已經認出這個人，伯里斯便放棄了掙扎。他暗暗感謝現在的身體，如果是八十四歲的狀態，剛才那一下他不骨折也肯定腦震盪。

「尊敬的骸骨大君，您的偽裝非常自然……」等對方差不多鬧夠了，伯里斯才慢慢坐起來。

骸骨大君十分驚訝：「什麼？你一下就認出我了？我還以為你會驚訝地大叫『你是誰』呢！」

「看到您的瞬間我確實沒反應過來，但我很快就察覺到了。」

「這不是偽裝。」骸骨大君說，「我不只有一副面孔。包括你之前看到的灰色巨龍也是我，是我力量的一部分，雖然它和龍沒有任何關係，只是我喜歡把它塑造成那樣而已。現在這張臉是我的人類形態，當年你見到我的時候，我就是這個樣子，你竟然不記得了！」

伯里斯想了想：「年紀大了果然記性不好。我記得您，卻不記得您具體的長相。」

看著那張二十歲的臉說出老氣橫秋的話，骸骨大君忍不住搖頭嘆氣。他在沙發上坐好，把伯里斯也拉了起來：「有件事我必須告訴你。其實我不叫『骸骨大君』，那是古代學者們給我的敬稱，我真正的名字叫『洛特』。」

伯里斯沒想到會聽到一個如此平凡的名字：「洛特？這是縮寫嗎？請問您的全名是？」

「洛特巴爾德。」骸骨大君——洛特先生說，「這是我在人間發現的，念起來挺順口，於是我就把它當成自己的名字。後來我發現它聽起來有點邪惡，所以你叫我『洛特』就好。」

伯里斯邊點頭邊打量著他：「好的，洛特大人。您身上穿的是……」

洛特也低頭看了看自己的打扮：「實不相瞞，衣服是公主殿下和一個魔像給我的，好像是塔裡什麼僕人的衣服。上衣勉強能穿，褲子有點太短，褲管也太緊。」

「是的，不太合身。」何止是褲管緊，襠部也緊到了有些不體面的地步。伯里斯暗暗感嘆著，站起來走向書桌。

看到法師坐下來寫字，洛特也好奇地跟了上去：「你在寫什麼？」

「我正在寫信給賈斯汀先生，讓他準備一些各個季節的布料，然後過來一趟。他是我的私人裁縫，住在不歸之林西北方向的冬青村。」說完，伯里斯打了個響指，金屬渡鴉從窗戶飛了進來。伯里斯拉開它胸口的小抽屜，把信放進去，金屬渡鴉對他一鞠躬，又噗啦啦地飛了出去。

「私人裁縫？」洛特挑眉，「你讓一隻構裝體給裁縫送信？不怕嚇死他？」

伯里斯微笑著搖搖頭：「不會的。賈斯汀先生和我有交情，他的工作室非常有名，不是您想像的那種山村小作坊。他們專門為各地貴族訂製衣服，我和他們家族的合作關係從他祖父那一輩就開始了。」

洛特更好奇了：「你是法師，為什麼會和裁縫有長期合作？」

「他們不僅製作普通衣物，也能批量生產軟甲、手套、腰帶或靴子之類。這些東西可以是日常用品，也可以進一步被加工成魔法器物，所以我們一直維持穩定合作。在不歸山脈，除了我的法師塔之外還有個莊園，它是製作魔法武器的工坊，有一批施法者在那裡常駐輪休，為各種護具和武器附魔，用賈斯汀先生的服裝製作出各種魔法衣飾。我們的作品會被運往很多地方，其中最大的訂單來源於薩戈王都。」

洛特問：「不歸山脈是你的私人財產，這麼說，這個工坊也是你的？」

「嗯，是我的。」

「真是出乎意料。」洛特眼神複雜地看著法師，「當年那個青澀可愛的小法師已經這麼優秀了。我真是沒信錯人。」

伯里斯對這種誇讚習以為常：「您過譽了，我談不上多優秀，充其量只是沒有虛度時光而已。」

「你是不是挺有錢的？」洛特直白地問。

「算是過得去。目前的資金足夠我維持研究需求。」

「你有馬嗎？我想借來用一用。」

伯里斯有點迷糊了，不知剛剛回到人間的骸骨大君到底想幹什麼？不過他還是配合地打開抽屜，拿出一個金屬掛牌遞給洛特：「塔下有馬廄，在高塔後面的那片院落裡。如果您想外出，可以拿這個給馬夫約德先生，只要距離不遠，他可以駕馬車帶您去。」

「要是距離遠呢？」

「如果太遠，我們一般用傳送陣。」

洛特接過掛牌：「好。我去附近看看，爭取晚飯前回來，或者最晚明天回來。不用麻煩馬夫了，我自己挑一匹馬就好。」

伯里斯點點頭：「您稍等。我得幫您找一雙鞋子。威利斯先生沒幫您拿鞋嗎？」

「誰是威利斯？」

「穿白色圍裙的肉魔像。」

「它找了，沒找到我能穿的。」

伯里斯親自從矮櫃裡拿出一雙羊皮拖鞋：「也是，在這裡住過的法師都沒有您高。如果您要立刻出門，只好委屈先穿這個了。」

放下拖鞋後，法師打開抽屜拿了一個小袋子出來。他認真清點了一下裡面的東西，又加了幾張紙幣進去：「還有這些，您拿著。對了，您知道怎麼買東西嗎？」

「我知道。雖然我每一百年只能出來七天，但這七天內我都會仔細觀察人類。距離我上次『放風』才過了六十幾年，你們的社會規則應該沒什麼改變吧？」

「好的。大人，如果您想要什麼東西，一定要用錢買，千萬別搶。」伯里斯一臉懇切，「我知道您實力強大，也知道您也許不屑於服從人類訂下的規矩，但這附近住的都是我的盟友，他們對我十分忠誠，大家生活都不容易，您就當是為了我，千萬別……」

洛特被逗笑了：「別把我想得那麼凶殘好嗎？我是來享受的，不是來吃苦的，既然有錢花，我幹嘛要去搶東西？」

「那我就放心了。」雖然從表情看來，伯里斯仍不是很放心，「錢您拿著，如果不夠再跟我要。如果您需要在冬青村的商店買東西，也可以先簽帳單，這樣方便一點……」

突然，洛特抬起手，摸了摸法師的眉心，撫平了他皺緊的眉頭。伯里斯一愣，只聽洛特問道：「法師，我有點好奇，你有沒有孫子或孫女？」

「沒有……怎麼了？」伯里斯一直未婚，連兒女都沒有，又怎麼會有孫輩。

洛特感嘆道：「我想說，你也太能操心了吧？我是身為半神的高等不死生物，不是弱智狂躁兒童。我好不容易重獲自由，只是想去附近隨便逛逛，你這樣千叮嚀萬囑咐，是以為我幾歲啊？」

伯里斯淡淡一笑。這表情如果出現在八十四歲的老人臉上，估計會是一個滄桑慈祥的笑容。現在它浮現在蒼白清秀的年輕面孔上，就顯現出了一種柔和中帶點脆弱的味道。

「這可能是我的缺點吧。」伯里斯嘆口氣，「都說人年紀大了就愛嘮叨，我年輕的時候還不信，現在看起來果然如此。」

洛特捏了捏他的肩膀：「行了，你不需要再發出這種感慨。你歲數大嗎？你現在才二十歲！貨真價實的二十歲！」

被提醒之後，伯里斯連站姿都挺拔了不少：「也對，這得感謝您。那您快去吧，回來時如果過了晚餐時間，您可以去找威利斯先生，它會替您安排消夜。威利斯就是那個穿著白色圍裙的肉魔像……」

洛特揮揮手，迅速消失在伯里斯的視線中。再拖下去，他懷疑法師會提出讓他帶著可口的小點心上路。

致施法者
To Burris the Spellcaster and His Family Dependent
伯里斯閣下及家屬

Chapter03

致施法者伯里斯閣下及家屬

重獲自由的骸骨大君離開後，重獲青春的法師呆站了好一會兒。

趁著四下無人，伯里斯突然原地蹦跳了幾下。沒有骨刺和骨質疏鬆，沒有足跟痠痛和心肺疾病！這感覺真好！他神清氣爽地走了出去，叫來浮碟，向地下室徐徐降下。

他要去看看殘存的魔像軍隊，離開異位面時他陷入昏迷，不知道艾絲緹是否有順利把它們帶回了。

來到地下室的練兵場，伯里斯露出滿意的微笑。艾絲緹果然把殘存的魔像軍隊帶回來了，此時她正坐在小型浮碟上，飄在一隻大型魔像的頭頂。

聽到門口的動靜，艾絲緹回頭看去：「三善神在上，導師，您變成這樣我真不習慣。」

伯里斯走進練兵場：「說了多少次，別在我的塔裡呼喚三善神，就算呼喚了祂們也聽不見。」

「口頭禪而已。」艾絲緹說著，坐在原處欠了欠身，「對了，導師，我應該向您道歉，昨天我表現得過於任性了。」

伯里斯擺擺手：「妳還年輕，遇上那種場面稍有失態是在所難免。而且我也有錯，我應該事先知會妳。沒事，妳已經做得很好了。」除了要我先親吻骸骨大君的時候，都是因為妳這個建議，讓我愣在那裡看起來傻乎乎的。

最後，伯里斯還是把這幾句憋在心裡。這麼大歲數的人，何必和小女孩計較。

「妳在修理它們？」伯里斯抬起頭。

艾絲緹把視線放回魔像身上：「是的，只可惜我只能帶回來這一些了。有些魔像在戰鬥中就已經損毀，還有的在位面崩潰中遭到波及。我啟動跟隨口令，好歹是帶了一些出來，更多的就……」

「妳做得很好。」伯里斯抬頭觀察了一下她身邊的魔像，「這隻的核心寶石壞了，別修了。下來吧，妳也應該休息一下。妳什麼時候回王都？」

「今天下午啟程，我的儀仗駐紮在鈴蘭隘口那邊。」

伯里斯點點頭：「好。妳跟我來，我有事和妳商量。」

伯里斯帶著公主來到書房。他的書房、臥室、實驗室門上都有魔法防禦，沒有他本人的同意，別人一步也不能踏足。昨天回到法師塔後，因為艾絲緹進不去書房和臥室，只好和骸骨大君把導師放在休息室的沙發上。休息室只有普通書籍和傢俱，沒有重要的法術物品，所以門上沒有任何魔法。

在進入書房時，伯里斯隱約感覺到一陣不太對勁的波動。這感覺就像他是一尾魚，布滿魔法痕跡的書房對他來說是溫度適宜的水池，他一向自由穿梭其中；而今天「水池」的溫度似乎稍有不同，小魚仍可以游弋其中，卻會在進入池水的瞬間產生隱約的不適。

但這不適感很快就消失了。伯里斯認為，也許是因為自己的靈魂被來回轉移太多次，

致施法者伯里斯閣下及家屬

和這個年輕的身體不太同步，所以現在的他對書房裡的魔法有些敏感罷了。

伯里斯要和公主談的正是自己變年輕這件事。變年輕會帶給他許多好處，但也會為他增添不少無法避免的煩惱。比如，他該怎麼向外界解釋這件事？

如果他是那種終年足不出戶的孤僻法師，那他就不用擔心這個了，可他偏偏不是。

六十歲以前，他在奧法聯合會擔任過議長。他是唯一一個擔任過議長的死靈學研究者，甚至可以說，他是唯一一個沒有被學會排擠過的死靈法師。他不受排擠的原因既簡單也複雜：因為他不僅是死靈法師，他還有更多「特別」的身分。

他是法術發明者、軍事魔像設計師、魔法武器工廠負責人、冒險者工會永久顧問、十國邦聯施法材料商會董事，還是南北兩大奧術學院榮譽院長。

「死靈法師」這個身分也許不怎麼光榮，然而伯里斯並不僅僅是死靈法師。他的頭銜個個顯赫，沒人能把他當普通法師對待。

現在問題來了。伯里斯不可能就此銷聲匿跡，他還要繼續工作、繼續研究。他和艾絲緹聊了一會兒，兩人合力想出了幾個解決辦法，但都不太完美。

第一個辦法，假裝年輕的伯里斯是「老法師」的後代，並對外聲稱老法師已經病逝。這麼做不難，問題是很多人都知道伯里斯孤家寡人、無兒無女，如果在他「死後」突然冒出一個後代，此人身分必定會受到眾人懷疑。伯里斯有一筆數額可觀的「遺產」，就算「年輕後代」可以拿出有力的證明，也難保不會有人心懷歹意，故意煽動是非。伯里斯倒不怕紛爭，只是那些亂七八糟的事太占精力，他不想為此耽誤正常的研究和生活。

第二個辦法，就是減少不必要的見面活動。在必須出席的場合，則用法術將自己變回八十四歲的臉，不是幻術，而是肉體變化類法術。這辦法不錯，能減少很多不必要的麻煩，也足夠應付社交活動了。不過如果和一群法師開會該怎麼辦？很多資深法師會在自己的鏡片甚至眼球附上偵測魔法，他們肯定能發現伯里斯臉上蕩漾著源源不絕的法術波紋。

第三個辦法，直接向外人說明伯里斯變年輕了。商業機構肯定不會有什麼反應，他們只會覺得「哦，畢竟他是法師嘛，尤其還是死靈法師，對自己做出什麼事都不奇怪」。而同行們就沒那麼好應付了。別的死靈法師一定會想方設法打聽他用了什麼方法。不是幻術，也不是僅限於表面的、時間有限的變化術，更不是改造屍骸，那還能是什麼呢？什麼樣的法術才能真正逆轉身體的衰老？目前為止，沒有任何法師能做到這一點，就算他說這是機密，接下來的日子也少不了被同行刺探騷擾。

最後，伯里斯只能選擇走一步算一步，依情況綜合使用幾種不同的說詞。艾絲緹是薩戈帝國的公主，她也可以在必要時幫伯里斯安排一些利於解釋的身分。

「畢竟我們必須隱瞞骸骨大君重獲自由這件事。」伯里斯坐在書桌前，托著額角，

致施法者伯里斯閣下及家屬

「他是三種生命的混合體。上古神、煉獄生命以及復生死靈。普通人不知道他是什麼東西，但法師和神殿牧師肯定在古書上發現過他的事蹟。雖然那些人大概不會相信他能重獲自由。」

艾絲緹想了想，問：「說到他……導師，其實我一直不是很明白，骸骨大君究竟能帶給您怎樣的好處？我知道您有您的理由，不知是否方便向我解釋？」

剛才，伯里斯一直因外貌問題而眉頭緊鎖，但在聽到這個問題時，他的眼角竟浮現出一絲笑意。「一言難盡啊。」他搖搖頭，「艾絲緹，妳也看過不少關於骸骨大君的記載吧？」

「是的。」

「光看他的身分，妳應該就能想像出他身上有多少神祕之處。真要把好處一條條列出來可不容易，這哪是一兩句話就能說清楚的。研究應該要循序漸進。」

「我懂了。」艾絲緹點點頭。以她對伯里斯的瞭解，她知道導師只是在敷衍她，看來伯里斯並不想透露詳細的目的。艾絲緹並不著急，研習魔法讓她懂得耐心的可貴，她早晚會知道原因，不用急於一時。

於是她換了個話題：「導師，關於骸骨大君……有一件事我不知道該不該說……」

「妳都提了，我能不讓妳說嗎？」

公主抬起頭，面色糾結地看著導師二十歲的臉：「昨天我們回到塔裡之後，是他抱著您來到休息室的。」

「是嗎？這還真是有點意外。」伯里斯假裝低頭在抽屜裡翻找東西，「我還以為是妳用浮碟把我搬過去的。」

「還有，幫您換衣服的也不是威利斯。」

伯里斯翻找東西的動作頓了頓。他沉默了一兩秒，不自然地笑著說：「哦，這也不奇怪。我身上有很多魔法物品，法袍上還有防禦法術，它們會在我失去意識時保護我不受傷害。幸好是他，如果是妳或別人的話，可能會因此而受傷。」

艾絲緹說：「他確實觸發了您身上的法術。當時他在走廊上脫您的衣服，把能觸發的法術都觸發了一遍，但他一點事都沒有，他好像對法術免疫。」

「這也不奇怪……」伯里斯呢喃著，他還不知道，艾絲緹馬上就要說出更驚人的事情了。

艾絲緹低頭捏了捏眉心，說：「還不止這些。做完那些事後，他把您抱到沙發上，然後……然後又親了您好幾次……」

伯里斯僵在座位上，竭力維持著臉上雲淡風輕的表情。

「還有，他還叫您『寶貝』。」艾絲緹補充。

伯里斯乾咳兩聲，說：「好……我知道了。不過艾絲緹，妳為什麼特意跟我說這個？」

「原因很簡單，您別笑我。」艾絲緹說，「我沒有和異界生物相處過，所以不知道他的行為是否正常。但站在我的立場，如果我昏倒失去意識，在不省人事的情況下被人又親又摸，我會希望有人能在事後告訴我，讓我知道其間發生了什麼。不管我願不願意，都應該讓我知道真相，必要時這個旁觀者也可以為我作證。這些想法和法術無關，大概只是身為女性的一種警惕吧。」

伯里斯的胃隱隱絞痛，臉上一陣發熱。看來在艾絲緹的眼裡，昨天的導師不是在位面崩潰中昏倒的施法者，而是第一次酒醉昏迷的宮廷侍女。年輕天真、毫無防備、被剛出獄幾小時的危險男人動手動腳還渾然不覺。

「嗯，我知道了，謝謝妳的細心。」伯里斯盡可能平靜地說，「我猜骸骨大君對人類之間的交流方式還不太熟悉，將來我會好好和他談一談的。」

「對了，他說他的名字叫洛特。」艾絲緹說。

「是的，真是個非常樸素的名字。」

「現在他……」

「他說要去外面逛逛，可能晚上或者明天清晨回來。」

艾絲緹因導師的輕率而十分吃驚：「您讓他一個人出去？」

「他被困了那麼久，應該放鬆一下的。」

「不是這個問題……您不擔心他會做出什麼過分的事嗎？」

伯里斯的臉上又浮現出那種微笑。艾絲緹一直懷疑這個笑容頗有深意，但又不知從何問起。

「沒事的，他不是那種難溝通的類型。」伯里斯說，「我相信他不會給我添麻煩。」

「您有自信掌控他？」

「不，談不上掌控，我只是……」說著，伯里斯正好低頭看向自己的手指。

二十歲的他有一雙白淨修長的手，美中不足的，是這雙手的骨節有點大，其中三個指尖還有點扭曲。

伯里斯的眼睛似乎穿過時空，看見這雙手撐在雪地上，慢慢陷入積雪之中。

「我只是……對他稍有瞭解而已。」他漸漸收斂笑容，說完了後半句話。

艾絲緹離開後，伯里斯整理了一下情緒，重新投入日常的研究之中。前些年他一直在研製新的儲法武器，最近因為忙於製造魔像和尋訪異界，儲法武器的研究就被擱置下來了，現在該讓一切回到正軌。

致施法者伯里斯閣下及家屬

他有健康的體魄、靈巧的雙手，擺脫了血壓不穩和骨質疏鬆，按理說他應該能提升不少效率。但在實驗室待了一個多小時後，他才漸漸意識到大事不好。

他不僅沒能提高效率，反而面對著一場巨大的麻煩。

當他試圖對咒語池施展一個高階法術時，他失敗了。咒語正確，材料完整，施法過程毫無問題，可他就是無法喚起靈魂中相應的力量。

這是個相當可怕的跡象。他立刻回想起自己進入書房時的感覺：周圍的法術仍然認得他、為他服務，他的身體卻感受到了異常波動。

他又嘗試了別的法術。從他最擅長的死靈系到最不擅長的元素力場，從他能施展的最高階法術到同一體系的低級咒語，實驗一直進行到黃昏，伯里斯心裡終於有了初步的答案。

現在的他幾乎無法施展任何高階法術。

凡是當年二十歲法師能用的魔法，現在的他也可以成功施展；但當年他還沒學會的，現在的他便無法使用。

令他稍感欣慰的，是他的記憶沒有問題，學識也都在。某種意義上來說，他並沒有「遺失」那些法術，所有的咒語、技法、靈性仍存在於他的頭腦中。問題是，他的身體與靈魂不能完全同步，就算他展現出完美的施法過程，他的身體也沒辦法建立起咒語與法術之間的聯繫。

此時艾絲緹已經離開高塔，回到公主儀仗之中。伯里斯想把她叫回來，在放出送信鳥之前，他又放棄了這個想法。艾絲緹畢竟是公主，外界只知道她需要長期找死靈法師看病療養，卻不知道她也是個法師，讓她在僕從和騎士面前接觸魔法構裝體可不是什麼好主意。而且，就算她回來也沒什麼用，她的學識不夠，對此根本幫不上忙。

也許骸骨大君能夠幫助自己。伯里斯寫了幾張傳訊符文，按順序發給在外遊玩的洛特。但願他能快點回來，哪怕是看在那幾個莫名其妙的吻的分上。

第二天上午，洛特終於回來了。走的時候他騎了一匹黑色的馬，回來的時候他不僅騎著黑馬，還帶回來兩匹金棕色的馬駒。

他左手牽著馬，右手提著鼓鼓的帆布袋，腰上兩側掛著嶄新的長短劍，身後還背了一架鑲嵌藍寶石的銀色豎琴。把馬匹送回馬廄後，他直接用肩膀推開門走進法師塔，塔上的防禦法術對他完全沒有任何作用。

當他在書房找到伯里斯時，法師正苦著臉坐在書桌旁，對著一本兩拟長的黑皮古書唉聲嘆氣。

「你的傳訊符我收到啦。」洛特扭身坐在桌邊，把手裡的東西堆在伯里斯面前，「當時我在一個叫飛鼠鎮的地方，他們晚上有宵禁，所以關閉城門不許任何人進出。其實我能溜出去，但我背了一堆東西，還得帶著馬，所以只好等白天再走。那裡還挺繁華的，完全不像個小鎮。」

伯里斯無精打采地嘟囔：「哦，飛鼠鎮，已經進入薩戈邊境了。您跑那麼遠啊……」

「是有點遠。嘿，你怎麼了？一大早就垂頭喪氣的。」

伯里斯沒回答。他的目光從書本上抬起，慢慢移到桌面的一堆東西上：「這些是什麼？」

「我買的東西。你看，這對劍怎麼樣？」洛特拍了拍腰間的長短劍，將短的那把抽出來，在空氣中比劃兩下，「不是在鐵匠鋪買的，是在工藝品店裡。那個老闆不識貨，還以為它們是裝飾品，其實這是矮人出產的古董劍！北方精靈的設計，矮人的工藝，這可不常見。你看，它年代久遠卻仍然鋒利……」

伯里斯敷衍地點點頭，又盯著從帆布袋露出來的東西：「這又是什麼？鍊甲衫？」

「軟織鍊甲，內層是小羊皮，怎麼樣，好看嗎？」洛特拿出那條鍊甲衫，貼在自己身上。

伯里斯微微皺眉：「大人，如果您想要武器和防具，我的工廠裡有很多。各種材質、各種特殊效果的都有，就算您想要龍皮甲也不是問題。您何必花這個冤枉錢呢？薩戈邊境小鎮裡的武器店根本名不副實，他們常年依靠欺騙剛入境的年輕冒險者賺錢……」

「我只是覺得它們好看。」洛特又從帆布包裡拎出厚厚一疊暗紅色帶金線的重磅綢布，「你看，這個是不是也挺好看的？這是買給你的。我發現你休息室的窗簾太灰暗了，一點華貴感都沒有。」

「我的窗簾遮光效果好……」伯里斯憂愁地盯著那疊金光閃閃的布。

洛特打開綢布，對著光源試了試：「嗯，也對。遮光效果是沒有你的窗簾好。不過你可以掛雙層窗簾啊，或者拿來當床帳也不錯。」說完，他又拿出一只絨布盒子。盒裡躺著兩枚斗篷別針，上面分別鑲嵌著一藍一綠兩枚寶石。

「藍光月亮石和綠光龍息石。」他自己拿著藍色的，把綠色的遞到伯里斯面前，「藍的給我，綠的送你。怎麼樣？和我們的眼睛顏色很相配吧？你這枚是店裡成色最好的一顆，你看，在普通燈光下都能看到裡面的光點……」

伯里斯痛心疾首地接過別針：「大人，我的塔裡有很多這種東西……」

「但沒有和它一模一樣的吧？」

「那倒是沒有……」

「沒有就好。對了，我還買了這個……」接下來，洛特又興高采烈地展示了一堆東西。大到掛毯，小到玫瑰荔枝的熏香精油，其中最令伯里斯費解的是那架銀色懷豎琴。

伯里斯不會演奏，洛特當然也不會，伯里斯問他幹嘛要買這個，他說這是難得一見的樹精風格工藝品，應該擺在法師塔裡。

在聽說洛特還買了一對金毛馬駒時，伯里斯已經生無可戀地趴在桌上了。

讓骸骨大君一個人出去閒逛確實是個錯誤。被囚禁太久的人都需要釋放壓力，一旦得到自由，他們就容易忘其所以。本來伯里斯還擔心骸骨大君會做出什麼危險的事，現在好了，骸骨大君確實沒有危害普通人，還從他們那裡買了一堆根本毫無用處的東西。鎮上的居民不但不會畏懼這個陌生人，估計要愛死他了。

看到伯里斯趴著不動，洛特伸手揉了揉他的頭髮：「怎麼了？難道是昨天回來後一直不舒服？」

伯里斯把臉埋進手臂裡，悶悶地說：「您看到我的傳訊還不回來也就算了，好不容易回來，還買了這麼多華而不實的東西……」

「你不是有錢嗎？」半神高等不死生物坦率得令人憤怒。

「有錢也不能亂用啊！」伯里斯慢慢直起身體，捏著眉心，「算了。大人，我不怪您，您在異位面被囚禁那麼久，對這個世界不夠瞭解。這很正常，您的興奮和好奇也都很正常。是我沒有處理好這件事。」

洛特認真思索了一下，小心地問：「呃……我是不是花太多錢了？我買的東西特別貴嗎？」

「客觀說，貴。」伯里斯說，「但沒關係，其實也不值多少錢。」

「那就好。」洛特舒了一口氣，「那你在難過什麼？」

「因為我在施法上出現了一些問題。」而您買的那堆東西加重了我的絕望感。後半句話伯里斯沒有說出口。

伯里斯花了幾分鐘向洛特解釋自己身上的問題，還簡述了一下他昨天嘗試過的測試和從古文獻中找到的解釋。聽完之後，洛特拍拍他的肩膀：「沒什麼，別擔心。你無法使用高階法術確實是因為身體和靈魂不同步，但這不是永久的，過些日子就好了。就像喝酒一樣，如果我把你變成一個十三歲的孩子，你的酒量肯定會隨著身體的變化而改變。只要你仍然愛喝酒、經常喝酒，那經過一兩年的時間，你就會恢復原來的酒量。」

「道理我懂，但這會引發很多不便。」伯里斯嘆著氣。

洛特嘖嘖搖頭：「別擔心。說起來，我可能比你更加不便。」

這句話讓伯里斯一愣。洛特把他從椅子上抓起來：「遇到施法不順利的不只有你，我的身體也出現了一點麻煩。我可以演示給你看，你有練習場嗎？」

伯里斯將他帶到高塔中間的一層，這裡和地下室一樣，被空間魔法擴展出了一個面積比塔層平面更大的房間。房間被布置得像鬥獸場，場內立著高低粗細不同的石柱，用來模擬複雜的環境。

以前伯里斯在這裡和學徒們進行實戰訓練，後來他年紀大了，學徒們也都過了而立之年，大家都不再專注於傷害類法術，訓練場便漸漸閒置下來。艾絲緹公主沒用過這個訓練場，她是公主，還是帝國唯一的繼承人，所以伯里斯幾乎沒有教過她纏鬥型法術。

來到訓練場，洛特左右看了看：「你有閒置的屍體嗎？」

「有。」伯里斯打了個響指，半虛體僕人便從一扇小門外拖進來一具地精屍體。

洛特嫌棄地看了看地精：「不要地精！你有精靈的屍體嗎？」

「為什麼非要精靈屍體？」

「地精醜。」

「您究竟要對它做什麼？還管它醜不醜？」

伯里斯沒有精靈屍體，但大君堅持不要地精，無奈之下，伯里斯又叫僕人換上一具人類的屍體。

「現在你看著我，伯里斯。」洛特走近屍體，「我要對它施展一個法術，它會重獲活力，但沒有智商。」

這是基本的死靈法術。伯里斯點點頭，好奇骸骨大君到底想表達什麼。

洛特蹲跪下來，輕輕抱起屍體的上半身，在伯里斯驚訝的目光中，他竟然低頭吻上了屍體的嘴唇！

更讓伯里斯震驚的，是他確實在施法，在嘴唇接觸屍體的瞬間，伯里斯感覺到了法術生效時的輕微波動。

屍體僵硬地站了起來，傻乎乎地搖晃著，似乎在等待命令。洛特隨便給了它幾個命令，最後又讓它重新沉睡。

做完這一切之後，洛特又問：「你這裡有閒置的囚犯嗎？要死囚，還活著的那種。」

「沒有，我這裡是法師塔，不是監獄。」

洛特遺憾地嘆了口氣，再次吻了屍體，將其喚起。這次他施展的是不同的法術，不僅能讓死者重獲新生，還能讓死者擁有一定的智商和判斷力，有別於那些呆滯的行屍走肉。

這項法術有個附帶效果：如果死者死於非命，它會在法術生效後立刻回憶起過去的仇恨，並不顧一切地追殺仇人；待復仇成功之後，它會力量大增，然後主動回到施法者面前，從此以後永遠忠於施法者。

施法完成後，屍體再次站了起來。這人大概真的是被謀殺的，它一頭衝向訓練場的出口，邊號叫邊對厚重的石門拳打腳踢，急迫地想衝出去找凶手復仇。

「它是怎麼死的？」洛特看向伯里斯。

「被野牛踩死的。」

「所以……它要去找野牛復仇？」洛特走向門口，邊走邊對伯里斯解釋，「它顯然很難找到那頭牛，而且我們也不能讓它隨便跑出塔，對吧？於是我得將它制伏，讓它重新平靜下來……」

「您到底想讓我看什麼？」伯里斯越發無法理解骸骨大君的行為了。

洛特一把抓住掙扎的屍體，再一次吻了上去。這次，伯里斯發現洛特施展的是一個即死類攻擊法術，受術者大多會在被法術命中後永久失去活性，連靈魂都不復存在。被喚起的亡骸具有活性，不死生物也是生物，當然可以再死一次。

洛特的法術生效了。屍體倒回地上，從一具新鮮強壯的農民屍體變成了枯癟的乾屍。

「懂了吧？」洛特聳聳肩，「我和你一樣出現了施法上的問題。而且我比你的狀況還嚴重，我必須用嘴接觸受術者。大概是因為我是被『吻』釋放的，所以力量的表現方式也隨之改變了。」

伯里斯聽得目瞪口呆：「也就是說，您只能用嘴釋放力量，而且必須用嘴接觸受術者的……嘴？」

「對，特別麻煩。親爪子或後背都不行，我在野外對狼試過了。」

伯里斯想知道他到底對狼做了什麼，不過這顯然不是重點：「如果是範圍法術呢？

比如濃霧壁障或者強風。」

「我沒辦法施展範圍法術。」洛特說，「範圍型的防禦或攻擊都不行，力量爆發的投擲類型也不行。比如人類術士鍾愛的大火球術什麼的，我就施展不了。我只能施展有具體目標，且目標為個體的法術。」

「簡單來說，就是……您必須親『嘴』才行？」

「是的。哦，對了，我對自己施展輔助法術並不受影響。」

「那傳送類呢？傳送您自己？」

「我以前就不會傳送類法術，只會閃現。你忘了嗎？如果我會，六十幾年前，我們就不用那麼辛苦了。」

洛特突然提及往事，讓伯里斯不禁一陣恍惚。

當年留下的頑疾折磨了他幾十年，與此同時，當年經歷的溫暖也一直照拂著他的後半生。

「我懂了。」伯里斯強迫自己把思緒拉回當下，「您遇到的困難確實比我還嚴重。我的問題是暫時的，您呢？它不會是永久的吧？」

「我也不知道，要慢慢觀察。」洛特說，「別擔心，對我來說，目前能用的法術已經足夠了，而且就算不施法我也能幹掉大多數敵人。」

「這一點確實……」

洛特似乎又想起了什麼，他大步朝伯里斯走了過來：「對了，協助類法術我也能用，比如讓你不受各類元素能量的侵襲、為你提升對魔法的控制力……」

「別！」伯里斯伸手抵住洛特的胸膛，「您剛親完屍體！別親我！」

「你們死靈法師還在乎這個？」

「為什麼不在乎？您對死靈法師到底有什麼誤解！」

致施法者
To Burris the Spellcaster and His Family Dependent
伯里斯閣下及家屬

Chapter 04

致施法者伯里斯閣下及家屬

這段日子實在有些苦悶。伯里斯盡可能讓自己適應一切，讓日常研究重新回到正軌。除此之外，他還每天偵測並記錄自己的身體情況，觀察靈魂不同調是否有所改善。

當事情不順利的時候，伯里斯會在就寢前和起床後對著鏡子裡的自己說：你很好，你很幸運，你變年輕了，你有無限的可能，現在你腰板挺直，頭髮茂密，視力極佳，你可以的，一切會順利的……

但再怎麼鼓舞自己，也沒辦法忽視生活中的種種麻煩。比如裁縫賈斯汀先生到來的時候，伯里斯得先施展幻術才能去見他。和賈斯汀見面後，伯里斯便匆匆離開，反正賈斯汀也習慣了和家政魔像打交道。

法師回到書房，從監視水晶中看著裁縫替洛特量體裁衣。賈斯汀從來沒有多餘的好奇心，和他無關的事情他一概不問，反倒是洛特一直躍躍欲試地試探賈斯汀，暗示他可以詢問各種隱私問題。然而直到最後，裁縫仍然什麼都沒問，這讓洛特滿臉失望。

比見裁縫更麻煩的，是會見學生。伯里斯不止有艾絲緹一個學生，其他學生也會偶爾回來探望他。這次來到塔下的，是一個名叫「黑松」的精靈。

黑松是成年精靈，歲數比伯里斯還大，可伯里斯一直覺得他還是個毛頭小子。這精靈喜歡將自己打扮得盡可能黑暗嚇人，他在腰帶上掛了一堆充滿邪惡色彩但沒什麼用處的裝飾，還把一頭漂亮的金髮染成了黑中帶綠的顏色。他把臉塗得很白，畫上了黑眼圈增加憔悴感，還在雙手紋上了一些毫無意義的骷髏和字母。這讓伯里斯一直很擔心這個學徒的心智和社交能力。

艾絲緹來訪時，她會讓一隻能變形的金屬渡鴉飛上來報信，而黑松不這麼做。他會停在塔下，以吟遊詩人的腔調高聲讚頌導師的偉大，然後抑揚頓挫地講述自己最近的冒險經歷，再點起一叢叢蒼白的骷髏鬼火，讓它們盤旋上升，繞著法師塔哀號飛行。

伯里斯不想見他。黑松好歹是個成熟的法師，幻術可能騙不了他，而對他說實話就更行不通了。黑松太幼稚，他不像艾絲緹那樣能保守祕密，如果把事情的來龍去脈告訴他，恐怕會被添油加醋地講給他的冒險者伙伴。他的冒險伙伴在十國邦聯內到處流竄，過不了多久，「骸骨大君與重獲青春的法師」的故事就會婦孺皆知。

此時，伯里斯和洛特坐在休息廳裡，哀愁地盯著桌上的監視水晶，聽著鬼火在塔外哀號亂叫。洛特想到一個主意：「你用擴音法術，假裝發怒嚇跑他怎麼樣？拿出傳奇大法師震怒的氣勢來！」

「不行，」伯里斯說，「黑松很瞭解我，我不是那種喜怒無常的人，這麼做反而會引起他的懷疑。」

「那你就一直保持安靜，不理他，讓他以為塔裡沒人。反正你的門上不是有魔法鎖嗎？他又不能闖進來。」

「他是不能……但他很可能會在塔下紮營不走。」

「他為什麼非要見你不可？」

伯里斯哀嘆：「他肯定是在冒險途中吃了虧，現在回來找我要錢。不要到錢他是不會走的。」

洛特拍拍他的肩，神色嚴肅：「他要錢你就給嗎？他都離開你身邊變成資深冒險者了，再說他還是個精靈，年齡恐怕比你大得多吧？他竟然好意思花你的錢？錢又不是憑空飛來的，憑什麼給別人隨意揮霍？」

伯里斯為難地看著洛特。他已經穿上了新衣服，除了伯里斯吩咐的幾套外，他還向賈斯汀追加訂製了三套斗篷、兩條鑲嵌寶石的皮帶、四個顏色不同的皮革緞帶領結、四套絲綢室內家居服、三雙軟牛皮靴子和兩對小羊皮手套。洛特身後的牆壁上掛著那把誰都不會彈的懷豎琴，豎琴下面的五斗櫃上擺著一塊純銀方鏡，邊框上還嵌著審美堪憂的鮮豔五色寶石……

伯里斯心裡五味雜陳，苦著臉低頭長嘆了一口氣。洛特給了他一個特別溫暖的眼神：「沒事，別擔心，會有辦法的。你現在是二十歲，不是八十四歲，別老是駝著背唉聲嘆氣！」

伯里斯敷衍地點點頭，起身走向樓道盡頭的衣帽間。洛特問他要做什麼，他說：「我去換身衣服，我想到辦法了。黑松這孩子不會輕易放棄的，我得應付他一下。」

「這麼說，你還是要給他錢？」

「給就給吧。黑松和艾絲緹不一樣，艾絲緹和我是同一類型的研究者，而黑松是實踐派。他和他的冒險者小隊經常到各地闖蕩，偶爾也會有些意外收穫。我們需要這種人，採集新材料、發掘探索未知遺跡……這些基本都是他們去做。黑松也挺不容易的，我能幫一點就幫一點吧。」

洛特跟在伯里斯身後，似笑非笑地盯著他。六十幾年了，他一直記得這張愁容滿面、鬱鬱寡歡的臉。不過，他記憶中的「愁容」和現在伯里斯的表情有一點點區別，現在的伯里斯看起來太慈祥了，不像過去那麼讓人心疼，甚至還有些引人發笑。

伯里斯換了一套嶄新但樸素的法袍，把隨意披散的頭髮紮到腦後，這點小改變讓他顯得更加俐落，氣質也年輕了不少。他拿了一袋金幣，又從積滿灰塵的匣子裡翻出一只灰色螢石吊墜，然後取下身上大部分魔法物品，只留下拇指上的紅玉髓戒指。

乘坐浮碟到達一樓大廳後，伯里斯叮囑洛特：「大人，這件事我來應付就好，您……還是回樓上的房間去吧，我一個人可以的。」

「你怕我說錯話？」洛特十分理解地點點頭，「我懂我懂。放心吧，我不會突顯自己的存在感，你應付他就好，我不說話。我可以假裝是你塔裡的僕人。」

「您穿得太華麗了，並不像僕人。」

致施法者伯里斯閣下及家屬

「噢……那你這裡什麼職業穿得比較華麗？」

伯里斯想說，我這裡什麼職業都不會穿成這樣。誰會沒事穿著白貂毛暗紅絨布的長斗篷？再加個皇冠您簡直像是要去登基。突然，伯里斯靈光一閃：「這樣吧。他如果問起來，您就說自己是法師伯里斯．格爾肖的盟友，然後他可能會問您是不是術士，您就說是。放心，我的大廳裡禁止一切偵測法術，他不會發現您來自異界。」

骸骨大君同意了。伯里斯走向大門，沒有用法術，而是用最原始的方式打開門栓。塔外空地上浮著一把骨頭砌成的椅子，黑袍的精靈就坐在上面。門開了，黑松剛要起身，當發現門裡出現的是一張年輕而陌生的面孔時，他又以一個優雅的姿態坐回了椅子上。

伯里斯在心裡暗笑：這個傻精靈，你用牛和鹿的屍骨做成椅子也就算了，偏偏這些骨頭還明顯是煮過的，椅背上的幾條骨頭甚至有熏烤過的痕跡，就算你用白漆上過色我也看得出來！你能不能別用廚餘垃圾做屍骨椅？這椅子可千萬別被其他死靈法師看到，簡直能讓他們笑一百年了。

這時，黑松開口說話：「年輕的人類學徒，我沒有見過你，報上你的名字。」他對外人說話時，總是故意模仿古代精靈腔，其實他的日常口音更接近薩戈帝國北方方言。

「我叫柯雷夫。」伯里斯替自己取了一個普通的名字，裁縫賈斯汀的岳父就叫這個，

「請問，是死靈法師黑松先生嗎？」

厚重的帽兜下露出半張蒼白的臉，發青的嘴唇勾起一個危險的笑容：「哦？你認識我？」

「導師向我提起過你。大門開啟時間有限，請進吧。」

黑松點點頭，操控骨頭椅子飄進塔內，環視了一下熟悉的大廳：「我們尊敬的導師在哪？」

「導師出門了，我也不知道他的去向。」

黑松不滿地打量了一下眼前的「年輕人」：「你年紀這麼小，導師竟然放心讓你管理他的塔？」

「我自己也有這個疑問。但導師的命令就是命令，我會遵守命令，盡職盡責。」

扮演學徒不難，畢竟伯里斯年輕時也是別人的學徒。當年他的導師非常嚴酷苛刻，所以他一直維持著柔和順從的態度，現在也算是本色演出自己的少年時代。

黑松沒有再理會這個「學徒」，而是自己念了個咒語召喚浮碟。在法師塔內，他的骨頭座椅不能帶他上升，如果想進入高層房間，只有浮碟或樓梯兩種選擇。

等了幾秒後，浮碟一直在高處靜靜懸著，完全無視黑松。黑松知道這是導師的安排，就沒有再嘗試。他跳下椅子踏上樓梯，剛走幾步，一道隱形的牆壁就擋住了他的去路。

「導師不允許我上塔嗎？」黑松有些委屈地退回大廳。

伯里斯維持著低眉的表情：「導師不允許任何人上塔。我也只能在底層的房間活動而已。」

致施法者伯里斯閣下及家屬

「這就麻煩了……」黑松嘟囔著坐回骨頭椅子裡。其實大廳裡有供客人落座的舒適沙發，但他偏要坐在自己的廚餘垃圾椅上。

思索了一會兒後，精靈伸出蒼白纖細、染著黑色尖指甲的手：「小法師，有茶嗎？我一路風塵僕僕地趕來，現在有些口乾舌燥。」

你會口乾舌燥，是因為你剛才在塔外吟詩高歌。伯里斯去茶水室端了一杯平時常備的清涼飲料，回來的時候，黑松果然沒有在原地等待，他飄去了側門偏廳，發現了正在看浪漫小說的洛特。

「你又是什麼人？」即使是黑松也看得出這人絕對不是法師學徒。

「伯里斯．格爾肖的人。」

伯里斯端著飲料的手一抖。

「他的意思是，導師的盟友。」伯里斯把飲品放在小桌上，他並不打算親手端給黑松。

「哦……」精靈繼續打量著洛特，「看你這模樣，你是個術士吧？」

洛特有點吃驚，開門前伯里斯就預料到黑松會這麼問，為什麼伯里斯猜得這麼準？

「嗯，我是術士。」他愉快地回答。越過精靈的肩膀，他看到伯里斯正哀愁地盯著他。

「果然是術士。」黑松悠悠飄回大廳，似乎對洛特一點興趣也沒有了，「嘖，導師就是太心軟，什麼奇怪的人都要幫一把。什麼吸血鬼啊、半獸人啊……還有術士。小法師，這術士留在這裡幹什麼？」

伯里斯回答：「導師的意圖我無從揣測。」

黑松端起飲料喝了幾口，掏出幾本筆記和一個小袋子放在桌上：「我們說正事吧。這些東西是我要交給導師的，但他不在，你先幫他保管一下。你記住，這些東西很重要，千萬不要弄壞。本子裡記載了我最近在冒險中發現的一些魔法理論，袋子裡是三顆貴重的琥珀，琥珀中束縛著來自矛頭島的三叉尾蠍，這是一種極為罕見的魔法介質……」

那蠍子特別醜，而且牠早就死透了，哪怕牠活著也並沒有什麼用處。這種琥珀看著還算有趣，卻毫無價值。伯里斯表面上認真地點了點頭，心裡默默為學徒的見識而痛心。

黑松接著說：「可惜導師不在，我運氣真不好。不如這樣吧，法師塔現在應該有空房吧？我留在這裡等導師回來。既然上不去高層，一樓的客房也可以。」

「恐怕不行。」伯里斯說，「導師叮囑過，除那名術士和我之外，塔內不可留宿任何人，包括其他學徒。」

黑松不耐煩地駕著椅子飄來飄去：「你只是個新來的小法師，你根本不知道我和伯里斯導師之間複雜的關係。快去幫我整理房間！」

「真的不行。」伯里斯繃著臉。你和我有什麼複雜的關係？不就是受了委屈找我哭訴，沒錢了找我索取嗎？你活了兩百多年還不如二十幾歲的艾絲緹成熟，這麼一想關係確實挺複雜的。

伯里斯邊腹誹邊走近小圓桌，端走了黑松喝完飲料的杯子。這時，黑松終於注意到了那枚紅玉髓戒指——它總是戴在伯里斯手上，幾乎代表著伯里斯本人。如果伯里斯把戒指交給另一個人，那麼此人也會獲得塔內魔像與半虛體僕從的支配權，這意味著他幾乎是法師塔的第二個主人。

黑松思索了一下，問：「小法師，你究竟……是伯里斯導師的什麼人？」

「學徒而已。」

「你管理著這座塔，而且有權替導師處置很多事情？」

「導師確實允許我做一些不太重要的決定。」

黑松面露笑意：「那我就不等導師了。我先跟你說，這趟我回來，主要是想對導師彙報一下我最近的成就，再針對將來的研究徵詢一下他的建議。奧術猶如深邃的天穹，知識是無止無境的，可凡俗的生命卻受限於現實因素，有些事情看似容易做到，但當你全力以赴時，總會因為一些意想不到的原因而遇到阻礙。比如進行探索時的巨額耗費，比如獲得成果之前所需要的大量投入……」

來了來了，終於開口要錢了。伯里斯立刻接話：「說到這個，導師確實留了點東西給你。我還沒來得及呈上來。」

「是什麼?」黑松激動得連口音都暫時變回了薩戈西北腔調。

伯里斯把準備好的金幣和魔法寶石交到精靈手裡。從表情看來，黑松正為「見不到導師也有錢拿」而喜出望外，但又對數額稍有些遺憾。

「替我謝謝導師。」精靈對「年輕法師」點頭致意，揣起東西坐回了骨頭椅上，「也謝謝你，小法師，十分感謝你的招待。沒見到導師十分遺憾，但能認識你這個朋友也算不虛此行。好了，我還有要事在身，就不就留在塔內了。」

伯里斯也對精靈欠了欠身，為他打開門閂，目送他飄出塔外。

總覺得有點奇怪。伯里斯戴這枚戒指主要是為了震住黑松，讓自己看起來是「導師十分看重的人」，他的目的確實達到了，可黑松的態度卻不太正常。

一般情況下，黑松要到錢之後總要再多留一會兒，如果有年輕學徒在場，他更是要山南海北自吹自擂很久才會走。而今天他卻急著離開，眉梢眼角還有點心事重重的樣子。

就在伯里斯準備關上大門時，飄遠的黑松忍不住回頭：「小法師……你……你和導師長得真像。別擔心，我會維護導師的名譽的。」

什麼?伯里斯一愣，只見精靈的骨頭椅已經消失在視野之中。法師嘆著氣關上大門，一轉身，洛特便無聲無息地出現在他身後。

「伯里斯，你完了。」洛特居高臨下地瞇起眼睛盯著伯里斯，眼中帶著十分刻意的憐憫。

「什麼？」法師一臉茫然。

「你晚節不保了。」洛特說，「難道你沒發現？你的演技有點過頭，以至於那個精靈對你產生了誤解。」

「什麼誤解？他根本沒認出我。」

洛特搖搖頭：「你沒聽出他最後那句話的意思嗎？連我都聽懂了。他以為你是你兒子！」

這也太荒誕了！

伯里斯說：「我沒結過婚，也沒有女朋友，就算我曾經有一段露水姻緣，我兒子也不該二十歲左右啊！難道我六十幾歲時才……」

「所以這才叫晚節不保啊。」

「不不不，我更像我孫子。」伯里斯也覺得這話透著詭異，「至少年齡比較合適……」

「但如果你是你的孫子，何必用學徒的身分遮遮掩掩呢？老法師帶著孫子有什麼問題？不管這孫子怎麼來的，不管你兒子或女兒經歷了什麼，你身為爺爺也沒什麼好羞恥的。你又不是貴族，接納兒女的私生子只能說明你善良慈愛。對於你這樣有錢有地位的人來說，只有老來得一私生子才值得以『學徒』作為偽裝，這樣就沒人會嘲笑你了。」

伯里斯想了想，發現洛特說得有道理。「您說得對，我可能晚節不保了。」他扶額走向升降浮碟，「黑松肯定會告訴別人，而且據我所知，他的冒險伙伴裡還有兩個半身人……」

洛特跟了上去：「這樣挺好。反正你也得想辦法解釋，不如將計就計，當自己的兒子吧。」

「那原本的我去幹什麼了？」

「在慢慢想吧。你都八十多歲了，再過幾年就可以假裝自己死了，然後以兒子的身分生活下去。」

浮碟緩緩上升，載著兩人回到書房。「洛特大人，我覺得很奇妙，」伯里斯說，「您一直被限制在異位面中，每一百年才能回來七天，為什麼您對人情世故如此熟悉？」

聽了這問題，洛特的腳步頓了頓。伯里斯察覺到一絲微妙的氣氛，趕緊補充說：「抱歉，大人，也許我的疑問讓您不愉快了。我只是隨口一提，實在有些唐突。這並不是一個提問，您不用回答我。」

「沒事沒事。」洛特擺擺手，跟著他進了書房，「這個問題讓我想起了很多遺憾的事，但我願意回答你。說真的，我一直在等你問我，快憋死我了。」

既然這麼想說，您就不能主動跟我說嗎？伯里斯忍住吐槽，坐到書桌前。

洛特坐進書桌前的單人沙發，接著說：「當人們擺脫困境，身在安全幸福的環境之中，他們都會想傾訴一下的。傾訴的內容可能很簡略，也可能加油添醋，這會隨著人們的個性而改變，但總之大家都很需要傾訴。很多人會一臉痛苦地表示『不不不我不想談』，你以為他是真的不想談嗎？那你就錯了。他只是還沒找到最舒適的傾訴機會。他內心深處覺得傾訴哀愁、挖掘過去是一種示弱，所以不願自己動手，最好讓別人主動。也不是什麼人都可以，必須是讓他有好感的人，最好這個人對他充滿關懷、循循善誘，然後他就可以順著對方的思維開始談論自己了。這麼一來，就不會顯得軟弱，可以推託『都是你問了我才說的，我沒告訴過任何人』。談完之後，談話雙方的親密度會大幅提升，聆聽者能得到一種救贖他人的快感，而傾訴者會很爽，不僅釋放了壓力，還能透過稍加暴露弱點而獲得聆聽者的信任……」

伯里斯目瞪口呆地看著洛特。他第一次看到有人這麼毫不留情地揭穿自己，在沒開始談話前就把談話背後的動機全部說了出來。

洛特仰著頭盯了一會兒天花板，突然望向伯里斯：「所以，你剛才已經開始問我了，對吧？」

「嗯，是的……」伯里斯簡直要替他感到尷尬了。

「你的疑問是，我每一百年才能自由七天，那我又怎麼能瞭解這世界的方方面面？其實你仔細想想就明白了。你活了八十多年，最前面的十年基本都是蒙昧狀態，而我經歷過多少個一百年？多少個七天？我沒辦法計算，就算只把那些七天相加，我也經歷了相當漫長的歲月。」

「確實如此。」伯里斯回應道，「剛才我就意識到這一點了。」

「其實我也並不是很瞭解所謂的『人情世故』，」洛特繼續說，「一次次的『七天』，對我來說就像戲劇。我站在很遠的地方看著舞臺，借著那些『戲劇』瞭解人世。有些東西我不用親身經歷也能略知一二，有些卻只能知其皮毛。我能理解何謂仇恨、何謂愛情、何謂哀傷、何謂快樂，我能描摹出雪山與海島的輪廓，也知道戰爭和陰謀，我甚至能編一個愛恨情仇的故事出來。但我沒有真正經歷過它們。關於這世界，我瞭解得很多，卻經歷得很少。它對我來說既熟悉又陌生。」

伯里斯從這些話裡發現了一件有趣的事：「您提到戲劇。這麼說，您曾經觀看過真正的舞臺表演？」

「是的，在很久之前的某個『七天』裡。」

「那是什麼樣的戲劇？」

「內容我想不起來了，只記得演員特別醜。其實我還看過不少書籍，都是在一次次的七天裡找到並帶回去的，只可惜它們在異界腐朽得太快，根本沒辦法收藏。」

「您是怎麼認字的？」

「這問題是不是有點侮辱我的智商？」

伯里斯抱歉地笑了笑：「不，我不是那個意思。我是說，當年第一次見到您之後，我一直在搜集整理各種文獻。據我所知，您對很多類型的奧術免疫，對神術則完全免疫，不僅如此，您還能夠通曉世間所有語言，這是一種天賦，您根本不需要刻意學習。」

洛特猛點頭，伯里斯依稀從他的眼神裡解讀出了濃厚的滿足感。

「是的。」洛特故意換成精靈語，「其實我根本不知道世上到底存在多少語言和文字，但只要我接觸到某個文明，我就能直接通曉他們的語言。」

「您的精靈語很驚人。」伯里斯拿起羽毛筆，在面前攤開的筆記上記錄著，「現代精靈語，輔以古語精靈腔，這是精靈們最為推崇的口音。關於魔法免疫，您能再說得具體一點嗎？」

「魔法免疫？聊到你最感興趣的部分了？」洛特問。

「也不是最感興趣……」

「那你最感興趣的是什麼？」

「這……一時也說不清楚。我們先說說魔法免疫，好嗎？」

「不好。」洛特再次強行岔開話題，「我會講魔法免疫的，但我特別好奇你對我的哪方面最感興趣，快說！」

致施法者
To Burris the Spellcaster and His Family Dependent
伯里斯閣下及家屬

Chapter 05

致施法者伯里斯閣下及家屬

又來了。伯里斯低頭揉了揉太陽穴。在異界半位面的時候他就領教過這種聊天方式，骸骨大君總是先默默跟著你的思路，然後猝不及防地岔開話題，而且不許你中途折返。

更重要的，是洛特提的問題太難回答了。對他哪方面最感興趣？這算什麼問題？也許開個玩笑就能混過去，偏偏伯里斯不太擅長開玩笑。

正當他發愁的時候，洛特突然轉頭望著某個方向。

「怎麼了？」伯里斯問。

他的問題剛問出口，高塔大門便傳來一聲巨響，就像有人用攻城槌砸門一樣。伯里斯站了起來，瞬間消失在原地。洛特懊惱地咕噥了幾句，轉身走向浮碟。

來到大門前，伯里斯發現自己對聲音的判斷還是挺準確的。巨響真的是攻城槌發出來的。當然，是魔法製造出來的「攻城槌」。

是黑松。他折返回來，用儲法杖施放了一個鐵甲巨犀衝撞法術，然後就不省人事地倒在了高塔前。骨頭椅子沒跟在他身邊，看他這副狼狽的樣子，也許那東西已經碎在了某個不知名的地方。

伯里斯仔細感知了一下周圍的魔法波動。黑松身上殘留著濃重的死靈氣息，雖然他自己就是死靈法師，但奇怪的是，他似乎捏碎了兩枚儲法水晶，用掉了好幾發巨犀衝撞，左手還捏著一張沒施展成功的羊皮紙卷軸，上面是個連環爆燃術。

黑松最討厭這些術士熱愛的法術，他自己不怎麼喜歡用，也確實不太擅長。現在他竟然啟用了一堆元素爆裂效果的法術，簡直太不像他了。

伯里斯繼續專注於塔前的空地和遠處的森林。法師住的地方就是這點討厭，想檢測異常魔法波動？這裡可是法師的地盤啊，以高塔為中心的大片土地上都有魔法殘留，多重痕跡天長日久地交織在一起，搞得到處都是「異常波動」。想要仔細偵測，必須仔細地分析觀察，像這樣草草偵測是不會得到準確的結果。

洛特也來到大廳，驚訝地看著倒在門外的精靈。伯里斯叫來兩隻魔像，一個抱起精靈，一個關閉大門，他自己則再次施法消失在原地。再回來的時候，他帶了一只小皮箱，而魔像、精靈和洛特都不在大廳裡了。伯里斯心裡一緊，高塔二樓的扶手邊就傳來了洛特的聲音：「別慌親愛的，我們在這裡。二樓的客房有床和盥洗室，在那裡比較方便一點。」

「你們怎麼過去的？」伯里斯踏上浮碟，升到洛特身邊。

「和你一樣用浮碟啊。」看到伯里斯翻過扶手，洛特還特意伸手扶了他一下，不過此時伯里斯精神緊張，根本沒留意這個體貼的小舉動。

「不……我是說，你是怎麼命令威爾和德克拉也上來的？」

「誰是威爾和德克拉？」

致施法者伯里斯閣下及家屬

「那兩個魔像。」

「難道你所有的魔像都有名字嗎？」洛特帶著伯里斯走向客房，「它們不聽我的命令，所以我親了它們，然後再下命令，這樣它們就會跟我來了。那個精靈好像情況不妙。」

兩個魔像駐守在房間外，黑松已經被放在床上。他身體僵硬，眉頭緊皺，呼吸又弱又快，一副被夢魘纏住的模樣。

伯里斯坐到他身邊，從小皮箱裡拿出一只綠色玻璃瓶，將瓶中液體與另一種粉末溶在一起，倒在自己右手掌心中，並按住黑松的額頭。

伯里斯讓洛特幫忙拿著小瓶子，讓它靠近黑松的鼻子。黑松似乎嗅到了藥劑的味道，表情放鬆了一些，呼吸也舒緩許多。

「前所未聞，真是前所未聞……」伯里斯自言自語著，輕輕搖了搖頭。

「什麼事前所未聞？」洛特問。

伯里斯說：「不管襲擊者是誰或是什麼，他竟敢在不歸山脈的範圍內襲擊黑松。而且從黑松的反應看來，他慣用的法術可能對敵人沒用，而對方卻可以對他使用即死魔法，毫不費力地擊倒了他。幸好他身上預置的防禦術起了一點作用，不然他當場就沒命了。逃回來之後，他大概沒力氣施法求助，而普通敲門聲又傳不到高塔上層，所以他就用儲法杖裡的巨犀衝撞……不，也許不止這樣，或許是他必須用最快的速度吸引我的注意，因為……因為他身後的敵人已經追了上來了……」

洛特想了想：「總之這不正常，是吧？平時沒有人這樣騷擾你？」

「當然沒有。不歸山脈和與薩戈有盟約，侵犯我的領地就等同於對薩戈宣戰，反之亦然。十國邦聯內的所有軍事組織和冒險者工會都知道這件事。而且，對施法者來說，我……我其實很有名，他們不敢隨便找我的麻煩，除非他們腦子有問題。」

洛特說：「也許不是軍事機構幹的，也不是法師幹的。難道就不能是異界生物、煉獄生物什麼的？九頭九尾屍毒龍之類的？」

「那它們到底圖什麼？」伯里斯抹了抹額頭，「再說了，剛才我打開大門，如果有什麼東西想襲擊高塔，那是個好機會，它們為什麼要躲開？等等，九頭九尾屍毒龍是什麼東西？」

「根本沒有那種東西。」洛特按了按伯里斯的肩，「我只是想緩和一下氣氛。親愛的，你好像很緊張，你得放鬆下來才能更好地幫助這個精靈。」

伯里斯點點頭，不再說話，專注於照顧仍昏迷不醒的精靈。伯里斯依靠魔法藥劑幫黑松恢復了一些體力，又在他身上發現一個詛咒類律令法術。從前的伯里斯解除這類法術不算難事，可現在不同，他知道該怎麼做，卻無法喚起高階魔法。

抱著試試的心態，伯里斯向洛特簡單解釋了這個移除法術，問他能不能施展。洛特為難地想了想，說：「呃，是這樣的，我並不能使用你說的法術，但我確實可以用另一種方式移除精靈身上的即死詛咒。我可以解除一切持續作用的死靈系傷害，無論施術者有多強。」

伯里斯有些驚訝，但仔細一想，半神擁有這種能力也很正常。他往旁邊稍稍讓了讓：「那……就麻煩您了？」

「你為什麼要往後退？」

「您不是……要過去親他嗎？」

「我還沒說完。」洛特說，「用你們的話來說，這是一個神術，不是奧術。它的施展過程需要詠唱，詠唱的內容不是咒語，而是一段法典，來自上古諸神。你可以把它理解成疏導力量用的指揮口令，我要依靠口令來引導他體內的傷害離開。可是我現在必須用親嘴施法，那麼問題來了——我沒辦法一邊親嘴一邊進行詠唱。」

身為有經驗的法師，伯里斯的腦子轉得很快：「我想到一個單體法術——施法轉移。就是由施術者將他能施展的法術轉移到同伴身上，讓同伴替他完成施法。」

「你是說……」

「如果可以，您將法術轉移到我身上吧。我來救黑松。」

「確實可以。」洛特扠著腰站在伯里斯面前，「那我就得親你了。」

「我知道。救黑松比較重要。」

「還有，我要做的事並不是你熟悉的『施法轉移』，而是一個與它類似的神術。它會帶給你陌生的感受，會有些不適，千萬別慌。」

「我有心理準備。大人，我明白您和我們的力量表現方式不一樣。」

洛特繼續叮囑：「我會將你本人並不理解的詠唱灌進你的腦海裡，你不用刻意去記，它會自然而然地出現。法術會指引你，你不要抗拒，只要跟隨它就好。」

「這些我懂，您快點親吧。」

「不，你聽我說完。」洛特靠過去，雙手按在伯里斯肩上，「你不是神術施法者，而且你的身體只是普通人類，神術流經你的身體時，會帶給你很大的負擔。」

現在兩人的姿勢有點尷尬。伯里斯仰著頭，身體緊繃，明顯十分緊張，洛特攏著他的肩，微微低頭，專注地凝望著他的雙眼。

簡直像他們真的要接吻，而不是準備施法。

伯里斯強迫自己保持嚴肅，「這種負擔我感受過了。」他說，「上一次，也就是您把我的靈魂送回身體，又把身體變回二十歲的時候。那次的情況就很類似。」

「也對。」洛特一手移到法師腰間，並向自己收緊，一手固定住伯里斯的下巴，「放心吧，這次不會比上次的負擔更重。」

法師閉上眼，緊皺的眉頭上帶著清晰可見的無奈。洛特盯著他緊閉的薄唇，低頭吻了上去。

伯里斯內心一片明澈正直，他強行把目前的情況定義為施法，而不是接吻。就像醫生脫下婦女的褲子是為了看診而不是要流氓一樣。

他站得筆直，毫無抗拒，也毫不沉迷，爭取把正經的站姿維持到最後。很快他就有點堅持不住了，洛特不僅把嘴唇貼了過來，還銜住法師的唇瓣，讓兩人乾燥的唇紋互相摩擦，再漸漸加重力道，甚至不時輕咬……

伯里斯忍了一會兒，很想問這到底是必須的過程還是洛特在自由發揮。這時，法術傳遞開始了。

一股冰冷的力量注入伯里斯體內，從頭蔓延到腳，然後又升上盤踞在他的腦海裡。力量之中包含著許多清晰而陌生的字元，伯里斯並不理解其中含意，卻可以念出它們的發音。每個字元都被默念過一次後，那冰冷的力量離開了他的頭腦，流竄到他的雙手上，在指尖聚攏。

伯里斯雙腿一軟，差點跌坐在地。洛特及時抱住了他，把他摟在自己胸前。

「你還好吧？」洛特扶著他，讓他坐在床沿，「法術轉移成功了。不過你還有力氣完成施法嗎？」

伯里斯點點頭，沒有回答，好像此時多說一句話都會增加他的負擔。他轉身朝向昏迷的黑松，左手覆上額頭，右手按在胸口，閉上眼，開始吟誦神術。

每念出一個字，那個字就會在他腦中消失，無論是字元或讀音都無法留下，與此同時，他的雙手指縫間開始溢出薄霧，薄霧在空氣中盤旋了一會兒，就隨著詠唱的咒語一起消散了。這大概就是從黑松的體內抽取出來的詛咒。

伯里斯的腦子放空了一兩秒。他想站起來，卻被一雙手按著坐在原地。洛特坐在他身後，兩手搭在他肩上輕輕一收，他就向後靠在了洛特身上。

「先別站起來，」洛特在法師耳邊說，「現在站起來你會頭暈的。」

「我知道了，謝謝您。」伯里斯確實有點眩暈，就像為了做實驗熬了兩天兩夜一樣。他抗拒著疲憊，伸手搭在黑松手腕上，然後安心地舒了一口氣。精靈脫離了危險，脈搏也恢復正常。

洛特問：「精靈沒事了？」

「沒事了，他可能還要再昏睡一會兒。」

「為什麼他的臉色還那麼蒼白？」

伯里斯指了指旁邊的銅盆。洛特好奇地用毛巾沾了點水，往黑松臉上擦了一下，被水拭過的皮膚頓時露出了健康的顏色。

洛特噗嗤一笑，把毛巾扔回水裡，伯里斯卻悶悶不樂，一直盯著昏睡的精靈。

「這下麻煩了……」

「什麼麻煩？」洛特問，「你擔心他醒來後不肯走？」

「這當然是麻煩之一。」伯里斯捏了捏眉心，「他是在附近被襲擊的，所以可能醒來後就不敢走了。別看他把自己打扮成這樣，其實他特別膽小。」

「死靈法師還有膽小的？」

「他真的很膽小，雖然他不承認。」伯里斯嘆氣。

洛特想了想，問：「現在冬青村安不安全？」

「正常情況下是比較安全的，但現在我不確定。您看，這就說到了第二個麻煩——我還不清楚是什麼東西襲擊了黑松。」

「不如這樣吧，」洛特說，「你去休息，我趁精靈還沒醒把他送去冬青村，明天就讓他在某個酒館客房裡一臉迷茫地醒來好了。我正好可以順便在附近巡視一下，如果有異常情況，也好及時發現。」

「可是……」

「你忘了嗎？我有魔法免疫。」說完，洛特突然把伯里斯轉了個方向橫抱起來，走向門口。伯里斯覺得這樣不妥，彆扭地推拒了好幾次，可洛特就是不肯鬆手。

「塔裡又沒別人。」洛特站上浮碟，「你區區一個人類，被半神幫助一下又如何？沒事，這一點都不丟人。對了，這讓我想起了過去，想起我們走在雪地裡的時候……」

伯里斯靠在他懷裡苦笑了一下：「這麼一說顯得我太窩囊了，過了六十幾年也沒什麼長進。」

「別謙虛，太優秀的人謙虛起來就不真誠了。」洛特說，「那時你是被別人傷害，而這次你是想救助你的學徒；那時的你一無所有，現在你成了很有名的法師，這還能算沒有成長？」

浮碟停在起居的樓層。這次洛特沒去休息室，而是直接走向了伯里斯的臥室，反正那些防禦法術對他沒有作用，而且現在也沒有公主會勸阻他。

伯里斯的臥室沒什麼特別之處，裝潢風格從簡，傢俱都是不加修飾的直線條，還不如洛特住的房間寬敞華麗。屋內唯一特殊的東西就是那扇巨大的玻璃凸窗，它正對著伯里斯的床，下方的窗臺上堆疊著厚毯子和軟墊，窗上銀灰色的細金屬雕花支撐著大片玻璃，玻璃一直延伸到房頂，和半弧狀的天花板融為一體。站在窗前，你可以仰望不同角度的明月，也可以沐浴清晨的第一縷陽光。

洛特看著這扇精緻的窗戶，不由地讚嘆了幾句。伯里斯趁這機會掙脫了他的懷抱，自己扶著牆坐到了床上。被人抱上床也太詭異了，幸好他避免了這尷尬的情況發生。

洛特靠近窗邊，摸了摸玻璃：「太驚人了……伯里斯，這是不是你提過的那個……」

「什麼？」伯里斯現在腦子轉得有點慢。

「你提過的，你的諸多夢想之一。『巨大的窗戶一直延伸到天花板，能坐在窗邊看書休息』，你真的做到了！」

「哦，這個啊。」伯里斯有點難為情地低下頭，「那時候我幾乎是在胡言亂語，您竟然記得這麼清楚。」

洛特笑著搖搖頭：「那可不是胡言亂語。你當時說得很有條理。對了，夏天怎麼辦？你不會覺得玻璃太多會很熱嗎？」

伯里斯正在考慮如何轉移話題，提到從前總讓他有點不自在。眼下骸骨大君岔開話題的能力讓他不必繼續煩惱了。

「夏天不會熱的，我的塔內四季恆溫。而且，您看——」伯里斯伸出手，隔空點著其中一塊玻璃，隨著他手指的動作，被碰觸的玻璃從完全透明變成半透明的深茶色，再從深茶色變成不透光的純白色，最後從白色變回透明。

伯里斯解釋說：「我可以隨時改變玻璃的透光度，同時也可以調整隔音程度。當然，塔外有持續運轉的防禦術，不會有未經允許的東西靠近玻璃。對了，其實這窗戶並不是玻璃做的，這種材料叫『清泉水晶』，是一種十分適合魔法改良的特殊礦石。」

「真不錯，」洛特點點頭，「貴嗎？」

「您也想裝這種窗子？」

「我不需要這麼高的窗戶，把普通窗戶的玻璃換成這種材料就行。貴嗎？」

「客觀來說，貴。」伯里斯說，「不過其實也沒多少錢。如果您想要，我可以安排人準備。但即使您裝了這個，也沒辦法親自控制它。您……只能靠親嘴施法，我不清楚對物品是否也可以……」

「這種玻璃必須用魔法操控？」洛特微微垂下肩膀。

「對。最基礎的隔空碰觸法術就可以，初級學徒也會用。總之，必須用魔法，用手指觸碰是沒用的。」

「那算了，我沒辦法對窗戶施法，它沒有嘴。」洛特說，「伯里斯，幫我打開它。」

「什麼？」

「這窗戶能開吧？幫我打開它。」

伯里斯幫他打開了其中一格，微涼的空氣滲了進來。「不不，開得大一點，」洛特雙手比劃了一下，「旁邊這格比較大，你幫我開這一格。」

「您到底要幹什麼？」伯里斯心裡已經有了答案，只是他不敢相信骸骨大君為什麼要做這麼莫名其妙的事。

致施法者伯里斯閣下及家屬

洛特對著落地鏡整理了一下衣服：「我要出去巡視啊，剛才我們不是說好了？我先到附近的森林看一看，然後回來帶走精靈，把他送去冬青村，然後我再巡視冬青村和其他幾個距離較遠的地點。伯里斯，你別開口，我知道你有疑問，你一定想問我為什麼不從正門走。」

「對啊，為什麼？跳塔是您的愛好？」

「不。是這樣的，我的施法能力雖然受到限制，但我本身還是有很多你們人類前所未見的特殊能力。我是說，我自身的能力，就像走路和跑跳一樣，就像巨龍的噴吐和水妖的凝視，它們不是法術，所以不受限制。我之所以跳塔，是因為我打算向你展現一下我的能力之一。」

「展現什麼能力？您……能直接在天上飛？」對伯里斯來說，這並不難猜。

「對，我能飛。我知道你們法師也有飛行法術，但我主要是想在你面前展示一下，重點是『在你面前』，而不是『飛』，你能理解嗎？」

不，我不能理解。伯里斯姑且點了點頭。洛特看出他並不理解，又解釋了一下：「是這樣的，就像我之前看過的一本文學作品中的情節一樣，人們經常在關係比較親密的人面前故意展示一些東西，即使這些東西毫無特殊之處。比如小孩問母親：我跑得快嗎？難道他母親沒見過別人跑步？還是小孩認為母親不會跑步？還有，比如一個男的故意在女孩面前脫光上衣砍柴，讓她欣賞肌肉。這是因為女孩沒見過肌肉嗎？還是因為男人的體態真的完美無瑕？都不是。這兩個例子背後，無非是人們想從親近之人的眼中看到讚許。這就是人們普遍存在的諸多弱點之一——光會跑步、光有肌肉不行，還必須得到在乎之人的讚美，人才會滿足。」

伯里斯幾次想插話都沒成功，聽到最後，他終於明白洛特想表達什麼了。

他再次驚訝於骸骨大君的坦誠。尚未行動就勇於揭穿自己內心的目的，這種聊天方式在人類中確實極難見到。

「好了，開窗吧。」洛特催促道。

伯里斯抬起手。因為疲勞，他的指尖有點發麻，就像酒醉的感覺。他隔空推開窗戶，一股冷風灌了進來，吹得床幔簌簌地飄動，洛特在窗前迎著風舒展雙肩，一雙縮小版的龍翼憑空出現在他背後。

伯里斯見過這雙翅膀。離開異界之前，骸骨大君王座背後的巨龍屍骸吸納了無數白骨碎屑，形成一頭身體完整的巨龍。這條龍的外形不屬於任何已知真龍種類，長得有點像奇幻史詩繪本裡的圖片。它具有龍的特徵和威儀，集合了所有已知龍類的外形優點，卻缺乏細節和合理的肢體結構。

察覺到伯里斯目光中的驚訝，洛特滿足地抖了抖翅膀：「你應該已經發現了，它不是真正的龍。它是我力量的一部分——無法以人類形態呈現的部分。在漫長而無聊的時光中，我將它塑造成龍的形態，因為我喜歡龍的外表，而且龍能飛。」

伯里斯忍不住開口：「但是，您的飛行能力並不依靠翅膀，只是需要啟動這部分的力量，翅膀完全是裝飾品。」

「對，但這樣好看。」洛特的回答毫無反駁的餘地。

說完，他輕巧地跳出窗外，懸停在空中，轉身給了室內的法師一個飛吻。伯里斯以為他會像飛逝的流星一樣消失在夜色中，但並沒有。

骸骨大君張開龍翼，轉向塔的正前方，開始以一種類似蚊子覓食的速度懸浮移動。

伯里斯關上玻璃，只留了一小塊開著，室內的書籍和床幔終於不再噗啦亂響了。他努力抵抗著倦意走到窗邊，從小窗戶喊：「大人，這正常嗎？」

「不正常，但也算正常。簡單來說……就是我的力量暫時劣化了。」

伯里斯心想，怪不得您上次出去時要騎馬。「既然如此，不如您這次也騎馬出行吧？」法師提議道。

「好的，我剛才也是這麼決定的。」

背著龍翼的骸骨大君小幅度旋轉著，緩慢地向塔底落了下去。

致施法者
To Burris the Spellcaster and His Family Dependent
伯里斯閣下及家屬

Chapter 06

致施法者伯里斯閣下及家屬

今天的不歸山脈比平時更加昏暗，好像有一層冰冷的影子籠罩在整片森林上。鳥類噤聲不鳴，野獸也小心地伏在巢穴中，不敢發出一點動靜。

一道纖細的影子潛行在密林間，距遠方的高塔越來越近。影子不僅腳步悄無聲息，還巧妙地躲過草叢和樹幹上的魔法探測石，在即將進入一片環形林間空地時，影子停了下來。這裡就像一個防火帶，從這裡開始，魔法探測石布置的數量突然增加，隱藏在地面下方和每棵樹上，探測密度猶如細網。普通人類和動物可以自由行走，但異怪生物或身上帶有魔法物品的人則必定會觸發警報，除非你已經得到高塔主人的允許。

影子嘆著氣摘下了黑色帽兜，露出銀白色的短髮。雖然髮色如雪，但帽兜下的面孔並不蒼老，甚至還帶有幾分稚氣。她看上去只有十六、七歲，皮膚白淨，五官清秀，單薄的身形像隨時要和昏暗的樹影融為一體。

現在高塔的主人應該還沒發現她，就算那人觀察到附近的魔法波動，也不會注意到她。森林裡到處都殘留著施法痕跡，她的行為被完全掩蓋了起來。在周邊森林中，她巧妙地避開了所有探測石，可如果要穿過空地繼續深入，她就必定會觸發警報。她不能再向前了。

「妳在幹什麼？」

突然聽到這句話，少女嚇了一跳。她跌坐在枯枝上，驚起了不遠處的幾隻山雀。

「主人！」看清來者後，少女立刻整理姿態，改為單膝跪在原地。

她斜後方的樹木陰影中站著洛特。他褪去了人類外形，恢復成布滿黑色鱗片的骷髏面孔，黑色獸角彎曲在他的頭頂，眼眶中的紅色幽火徐徐閃爍，黑色薄霧如護盾般盤繞在他周圍。唯一不協調的，是改變外形並不會改變服裝，這個形態的他比人類形態更高、更強壯，所以他的腳踝和手腕都露出來一大截，新衣服緊緊地裹在皮膚上，褲子有些地方甚至輕微裂開。

「主人！您受傷了嗎？」少女焦急地抬頭問道，「您的站姿看起來有些……」

「我沒有受傷。只是靴子變得不太合腳，有點難受。」骸骨大君動了動手指，示意她可以起身。

少女盯著他的靴子，皺著眉慢慢站起來。那雙靴子是軟羊皮製成，靴口鑲嵌著一圈綠寶石，搭釦上纏繞著金線，靴子的尖端也包裹了金屬薄片，即使上面壓了暗紋也光可鑑人。

「好看嗎？」骸骨大君問。

少女察覺到自己失禮的目光，慌忙低頭道歉。可大君並不須要道歉：「我在問妳呢，好看嗎？」

「呃，很好看……」

致施法者伯里斯閣下及家屬

大君眼中的火苗明亮地閃了閃，少女知道，這代表他對回答很滿意。他向少女伸出手，少女靠了過來，再次單膝跪下，親吻他的手背。

「奧吉麗婭，妳是什麼時候甦醒過來的？」骸骨大君問。

被叫做「奧吉麗婭」的少女回答：「就在幾天前。我知道，這代表您重獲自由了。」

「席格費和奧傑塔是否和妳在一起？」

「不，我還沒見到他們。」奧吉麗婭說，「在您被困居異界的期間，我們的靈魂也在凡間沉睡。在甦醒之前，我們不知道自己的身分，不知道自己擁有何種力量，甚至甦醒後我也沒辦法立刻回憶起一切。我想，席格費和奧傑塔大概還處於懵懂之中，並未完全醒來。」

骸骨大君點點頭：「嗯。妳隨時留意他們的消息。接下來，我想你們應該知道我要做的事。」

「您要回到神域。」

「是的，我要找到那片黑湖。」骸骨大君的身體緩緩浮空，目光越過層層樹冠，望向森林盡頭的薄暮微光，「我父親的神域，我母親的墳墓……以及所有應該屬於我的東西。」

奧吉麗婭低著頭，目光中燃燒著激動的光芒：「等您找到了這一切，主人，您的計畫是什麼？」

「第一步還沒做到，就先別管『然後』了。」骸骨大君飄了下來，又靠回樹上。變回原有形態後他的腳也變大了，靴子勒得他只能蜷起腳趾，「我對這個世界有很多計畫，很多很多。我要補償自己失去的時間，享受本該擁有的快樂。這個過程中，我不希望節外生枝，更不希望被你們的魯莽打擾。」

奧吉麗婭抬起頭，骸骨大君抬手指向高塔：「妳應該知道那是什麼地方。」

「是的，主人。那是死靈法師伯里斯的高塔。感知到您的位置之後，我特意搜集了關於這位法師的資訊。」

「奧吉麗婭，記住，你們絕不可以靠近那座塔，也不可以傷害伯里斯以及他的學徒，更不可以在他們面前現身。總之，你們要盡力在他面前隱匿自己，這是我的命令。」

骸骨大君的語氣並不凶狠，但字字句句都透露著不容爭辯的威嚴。對於奧吉麗婭這樣的生命體而言，大君的命令猶如律令真言，對他們有著絕對的束縛之力。

「謹記於心。」少女垂首回答。

等了兩三秒後，骸骨大君歪了歪頭：「妳就不好奇這是為什麼嗎？」

「……不好奇。」

大君自顧自地回答：「伯里斯是我重要的盟友，我很尊重他。與他無關的事沒必要讓他知道，那只會讓他徒增煩惱。更重要的是，那座塔是我目前最大的樂趣和經濟來源，我要保證這種穩定舒適的互利關係不出現裂痕。」

「我明白了。」奧吉麗婭再次點頭。

「所以，如果妳再和什麼奇怪的精靈或人類遭遇，不要主動攻擊他們，除非妳想讓我發怒。」

奧吉麗婭委屈地皺起眉：「我記住您的命令了。但是主人，請容我申辯一句，我並沒有主動攻擊那個精靈，是他先對我出手的。」

「妳是怎麼遇到他的？」

「我與他在大路上相遇，他以為我是旅行中的法師，要回伯里斯先生的高塔，他攔住我不讓我離開，還施法嚇唬我，逼問我一些關於法師伯里斯的事情。可我並不認識伯里斯，也不太明白他到底想問什麼，我想離開，他竟然想對我施放定身術，我這才還擊……不過您放心，我一直蒙著面紗，他沒有看到我的長相。」

「我懂了，這一點確實不怪妳。」骸骨大君輕笑。剛才他已經把黑松送去了冬青村，他悄悄爬上一家酒館的二樓，把黑松隨便扔進一間客房。黑松迷迷糊糊地哼著，似乎快醒過來，於是骸骨大君找來一瓶茴香苦艾酒，用分酒器替黑松灌了大約半個麥酒杯的量，黑松立刻倒回床上，睡得張牙舞爪。在進入深眠之前，還不停說著「他兒子叫柯雷夫」、

「五百年前的幽靈王現身了」、「死靈騎士騎著暗黑大河馬」之類的話。

「下次再遇到類似的情況，妳要及時撤離，不要還擊。」骸骨大君補充，「總之，不要讓伯里斯察覺到你們的存在，更不要傷害與他有關的任何人。如果妳見到席格費和奧傑塔，請向他們轉達我的命令。」

「我記住了。不過，萬一對方能力強大，我必須應戰該怎麼辦？」

「就算非動手不可，也要以脫身為目標，不要置對方於死地。」

聽了這話，少女臉上露出一絲惶恐：「什麼？難道那個精靈被我打死了？」

「他快要死了，不過又被救活了。」骸骨大君像對小孩子一樣，摸了摸少女的頭髮，「奧吉麗婭，現在妳能接觸到的生命無非是人類、精靈、矮人、地精、獸人，最多還有岩巨人之類的，這些東西都很脆弱，不要用屠殺魔鬼軍隊的能力對付他們。好了，妳先離開吧，離開不歸山脈，尋找席格費和奧傑塔，也幫我找找黑湖入口。」

「是，主人。如有需要，請隨時召喚我們。」

伴隨著一陣輕煙，少女的身形和聲音一起消失在薄霧中。

從這天之後，不歸山脈似乎暫時恢復了平靜。

伯里斯一覺醒來後身體恢復如常，法師塔和附近的魔法防禦都完好無損，骸骨大君

致施法者伯里斯閣下及家屬

在塔前的空地上和三隻狗玩丟球，黑松也沒有從冬青村跑回來。

伯里斯排查過森林中各個區域的探測石，核心區域的探測石一切正常，而周邊森林中有些石頭記錄下了異常波動。即使如此，他也無法判斷究竟是什麼襲擊了黑松，其實問黑松本人是最快的，但伯里斯不想和他過多接觸，實在有些左右為難。

他和冬青村的人打聽過，據說黑松在旱柳酒館喝了一大杯茴香苦艾酒，睡了一天一夜後還胡言亂語。他自稱受到襲擊，但他明明完好無損，早晨還吃得特別多。他還說親眼見到騎著河馬骨架的黑甲騎士、有三頭六眼的叢林巨人、殺光山上所有生物的白髮女妖、在天上化作煙火的七色巨龍，其實連他自己都不能確定這些是不是醉酒看到的幻覺。他灰溜溜地離開之後，旱柳酒館的老闆一直以為這個精靈是在話劇中扮演死靈法師的吟遊詩人。

伯里斯總覺得有點對不起黑松，他默默決定，將來有機會可以不動聲色地補償一下這倒楣的學徒。總之，伯里斯不再提起那次襲擊，因為他心中已經有了初步的答案——無論敵方是什麼人或什麼生物，那多半和骸骨大君脫離不了關係。

因為洛特表現得太過平靜了。每當伯里斯琢磨這件事的時候，洛特總是會岔開話題，或用一些毫無邏輯的推論來安慰伯里斯。他的結論是：這件事不重要，你別整天想著它了，你不是想研究魔法免疫嗎？我們開始吧。

但洛特並不是那種冷眼旁觀、息事寧人的類型。想像一下，一個人如果連狗打架都看得不亦樂乎，他怎麼會對精靈遇襲不感興趣呢？

但想到這些，伯里斯反而停止了調查。從洛特的行為來看，他主動外出巡邏多半是為了處理潛藏的襲擊者。不論襲擊者現在狀況如何，這次襲擊顯然不是洛特授意，不然洛特何必幫忙把黑松救活。

黑松遇襲恐怕只是一個意外。對骸骨大君而言，這件事造成了他的麻煩，恐怕他也不希望類似的事再發生。

至於襲擊者是誰，骸骨大君究竟想隱瞞什麼，目前伯里斯無從知曉，也暫時不想詢問。既然洛特不想讓他知道，那他無論如何也不會得到正確答案。

想說的時候會把什麼都告訴你，不想說的時候你一句正經的話也聽不到，骸骨大君就是這種性格。現在是這樣，六十幾年前恐怕也是。只不過當年的伯里斯年輕而落魄，尚未察覺到罷了。

當年，骸骨大君現身時並沒有說明自己的身分，而是自稱為「死神」。那時伯里斯雖然年輕，但好歹也是個合格的法師學徒，他知道這人沒說實話，「死神」畢竟只是童話中的形象。無論他怎麼質疑，那個自稱「死神」的人也不肯透露出半點真相。直到他們相處的最後一天，骸骨大君突然把身分全盤托出，甚至還提供伯里斯尋找相關文獻的

致施法者伯里斯閣下及家屬

線索。

每當回憶起這些，伯里斯都會忍不住嘆氣。如果那七天中他們沒有相遇，那麼……也許他在二十歲時就已經死去。

伯里斯無法忘記的七天。在風雪中燃燒的高塔、幾乎要割破皮膚的寒風、帶著血腥味的霧凇林，還有彷彿不見邊際的冰封湖面。

如果沒有遇到那個自稱「死神」的人，他將永遠不會擁有現在的成就。也許他會化作冰雪中的幽靈，永遠徘徊在痛苦與寒冷之中。

伯里斯正沉浸在回憶中，洛特突然興高采烈地推開了書房的門：「這狗好看嗎？」

「什麼狗？」法師從攤開的筆記中抬起頭，假裝自己剛才是在認真讀寫。

洛特舉起一隻圓滾滾的棕黃色幼犬：「就是牠，我向阿尼亞要的。」

「阿尼亞是誰？」

「冬青村的一個寡婦，家裡有果園的那個。她家有好多狗，其中一隻前幾天生了八隻小狗，我要來了一隻。」

伯里斯的表情以一種肉眼幾不可見的速度逐漸扭曲著。他十分震驚，骸骨大君的適應能力驚人，竟然已經飛快地和附近居民打成一片，甚至還認識了年輕的寡婦。

「您……要狗做什麼？」伯里斯問。

「不做什麼，就是挺可愛的。你塔後的院子裡不是養著很多狗嗎？多一條也沒什麼。而且你有專門的魔像負責照顧動物，我相信它們都十分認真專業。阿尼亞家的狗太多了，這條身體不好，留在她家多半養不活。」

「難道我們就能養活牠？」

「能。我親了牠一口，替牠灌注了一點我的力量，牠會健康成長的。」

「好吧……」伯里斯捏了捏眉心，這是一條接受了半神之力的狗，「我相信牠將來確實會無比健康，健康得令人畏懼。」

「幫牠取個名字？」洛特走上前，把幼犬遞到伯里斯面前。伯里斯立刻打了個響指，把桌上攤開的所有紙製品都合了起來。洛特被法師的反應逗笑了，他把狗抱回懷裡，沒再讓牠接近書桌。

伯里斯看著小狗：「我想不出什麼好名字，您決定就好。」

他並非故意敷衍，這是實話。他塔裡有兩隻貓，一隻是真正的貓，另一隻是他四十幾歲時用魔法改造的復生屍貓，前者的名字就叫「小貓」，後者的名字叫「小黑」。他馬廄裡的馬也沒有名字，只有編號，狗舍裡的三隻狗分別叫「狼」、「熊」跟「豹」。奇怪的是，伯里斯卻特別喜歡替魔像取名字，他的每個魔像都有名字，他甚至還為它們區分性別。

致施法者伯里斯閣下及家屬

洛特曾經問過他為什麼。伯里斯說，因為活著的生命有自我意識，就算是野獸也知道自己該如何安身立命，人類不必過分操心，想必動物在牠們自己的「語言」中都有名字，人類給的只是一個發音，以便牠們辨識你的呼喚。而魔像就不一樣了，魔像根本沒有自我意識，也不是活物，它們天天陪在法師身邊——尤其是那些在研發機密項目、必須孤身奮戰的法師。某些情況下，法師不能把人類助手帶進實驗室，只能讓魔像提供協助。如果你每天都要與魔像相處，那就應該多賦予魔像一些擬人化的特質，這麼做會有被活人陪伴的感覺。

那時洛特還感慨，說以後要親自陪著伯里斯，但伯里斯畏懼而禮貌地回絕了——他根本幫不上忙，只會讓人分心。

洛特抱著狗思考了一會兒：「我們叫牠『赫羅爾夫伯爵』吧。」

「為什麼是『伯爵』？」

「我封的。」

「好吧……」

法師話音剛落，赫羅爾夫伯爵突然對著窗外狂吠起來，幼犬的叫聲並沒有威懾力，不過還是把打算飛進窗戶的金屬渡鴉嚇了一跳。

伯里斯看著窗外懸停的鳥兒，暗暗驚嘆著小狗的敏銳。這條狗已經不是普通的狗了，牠接受了來自半神的力量，所以變得對魔法造物特別敏感。

洛特像個稱職的主人一樣安撫了赫羅爾夫伯爵，伯里斯打開窗戶，讓渡鴉落在書架上。渡鴉是艾絲緹公主的信使，艾絲緹在製作魔像上也有自己的特殊癖好，她故意讓金屬渡鴉帶有一些真正動物才有的習性，這樣它可以更完美地融入自然之中。

停穩後，渡鴉發出了艾絲緹的聲音：「導師，我有件事要向您彙報。最近有一些關於您的流言在各地傳播，其中有些說法實在是非常……」

伯里斯還沒回答，洛特先搶了話：「非常讓他晚節不保？對不對？」

「你還在？」公主驚訝道，「啊，不，我的意思是，想不到您竟然還留在塔中？」

「我當然還在。先不說這個，公主殿下妳快繼續說，關於伯里斯的傳言是什麼？是不是說他有私生子什麼的？」

艾絲緹沉默了一會兒，好像猜到了原委：「導師，您是不是以現在的面貌見了黑松？」

伯里斯嘆氣：「是的。但他不知道我是伯里斯。」

「我猜一定是他。」公主說，「您現在被誤會成『伯里斯法師的私生子』，很多人說您在六十多歲時騷擾了一個女學徒，以學業威脅她，讓她和您……後來她懷孕生子後，您留下了嬰兒，將女學徒趕出了法師塔。這是最廣為流傳的，但並不是最惡毒的版本。」

致施法者伯里斯閣下及家屬

「什麼?還有更惡毒的版本?」骸骨大君再次搶先接話,「妳快說下去!我非常好奇!」

伯里斯能夠想像出此時艾絲緹的表情,但願這體弱的孩子別頭痛。艾絲緹整理了一下情緒,說:「是這樣的,有些吟遊詩人總喜歡編造黑暗血腥的故事來博得關注。在那些故事中,您雖然終身未婚,卻經常將山村中的少女抓回塔中,和她們生了很多孩子,然後您會把那些可憐的母子拿去做實驗。最終只有一個孩子活了下來,這孩子的個性十分殘忍自私,他完全不顧母親所受的屈辱,只想得到您的信任和真傳……」

伯里斯冷笑:「我倒希望自己真有這麼全能,又要做實驗又要抓少女還得讓她們生很多孩子。可惜人的精力是有限的。」

「還有一個版本是這樣的,」艾絲緹繼續說,「他們說法師伯里斯年輕時和一位女子相愛,然後為了追求魔法而拋棄了她,但她腹中已經有了法師的孩子。那孩子在母親身邊長大,母親死後他就獨自去尋找父親,歷盡千辛萬苦終於找到了法師塔,卻不幸被塔門上的魔法殺害。法師發現後追悔莫及,他收起殘破的屍骨,把孩子做成了還魂屍。所以即使死靈法師已經八十多歲了,他的孩子仍看起來只有二十幾歲……」

骸骨大君搖著頭評價:「這個版本不精彩,也並不惡毒。」

伯里斯沒興趣評價編劇的水準,也不太想聽完所有版本,他按著眉心問:「艾絲緹,妳專門聯絡我，肯定不是為了講故事。這些傳言是不是波及到妳了？」

導師很瞭解艾絲緹，他的猜測十分準確。「是的，」公主說，「在流言傳播的過程中，我也被扯了進來。薩戈人都知道我父王與您的同盟關係，於是有人認為我和那個『法師的私生子』已經私定終身，還說我頻繁前往法師塔並不是為了治病或看望恩人，而是為了和那個年輕人私會。」

「妳必須抑制住謠言，」伯里斯說，「它傷害不到我，也傷害不到作為法師的妳，但肯定會對『公主』產生影響。」

「我正是擔心這一點。抱歉，導師，我也許不該用這種愚蠢的事情打擾您，但我沒辦法和別人商量。」

「沒關係。妳有什麼初步的想法嗎？」伯里斯問。

從語調判斷，艾絲緹大概在咬牙切齒：「我可以把黑松抓起來。他現在就在薩戈境內。他不認識我，至少不認識作為公主的我，我可以私下找幾個熟悉的官員聯絡神殿，派一隊審判騎士把他控制住，隨便找個理由關他半個多月，專門把他安排在一座有嚴密禁魔場的監獄……」

伯里斯嘖嘖搖頭：「妳抓他已經晚了。而且，妳仔細想想，黑松傳出去的謠言只會在冒險者之間流傳，至於貴族和普通百姓，他們對『死靈法師的兒子』根本不感興趣，

致施法者伯里斯閣下及家屬

他們真正感興趣的是公主的風流韻事。妳該去處理的不是我的謠言，而是關於妳自己的。」

艾絲緹立刻說：「您說得對！萬一奈勒爵士相信了這些……」

聽到這句，伯里斯打斷她：「奈勒爵士？黑崖堡騎士團的奈勒爵士？妳為什麼突然提到他？你們還沒分開？妳還和他在一起？真是難以置信！」

公主明顯有些心虛：「我只是說……萬一他相信了謠言會很麻煩的。他對父王忠心耿耿，和我也很談得來，他手握重兵，我必須保證他會一直支持我，而不是變成我的敵人……」

伯里斯說：「妳別狡辯了。我活了八十多歲，見過無數年輕人談戀愛，我看得出來，妳喜歡他。艾絲緹，很多年前我就說過了，妳和他的關係只能停留在君臣之間，你們甚至都不能成為普通朋友。奈勒爵士是個古板的奧塔羅特信徒，一旦他發現妳是法師，還是死靈法術的研究者，妳覺得他還會繼續支持妳嗎？妳必須疏遠他，才能保證他一直對妳忠誠。」

「但是，導師……」

「我是為了妳好，妳自己好好想想吧。」

洛特戳了戳伯里斯的肩膀：「人家願意，你別干涉。真正相愛的人才不會被信仰阻攔。」

伯里斯說：「您說得對，但世上沒有那麼多『真正』相愛的人，大多數人談情說愛只是為了讓自己活得更舒服而已。在這個前提下，奧塔羅特信徒和死靈法師不可能容忍彼此。」

出乎意料的，這一次骸骨大君竟然沒有堅持爭辯下去。

「嗯，也是……」他坐在桌沿，有若所思地望向窗外，赫羅爾夫伯爵已經窩在他懷裡睡著了。

致施法者
To Burris the Spellcaster and His Family Dependent
伯里斯閣下及家屬

Chapter 07

致施法者伯里斯閣下及家屬

伯里斯隱約察覺到氣氛有些奇怪，前面的談話似乎觸動了他們從未提及的東西。他正猶豫著該不該問，這時艾絲緹猶猶豫豫地說：「導師，我知道奧塔羅特信徒和我們不合。但是……但是奈勒爵士的情況比較特殊，本來我不想告訴您的，不過既然說到這裡了……」

伯里斯猛一拍桌子站了起來，把洛特和赫羅爾夫伯爵都嚇了一跳。「什麼？什麼意思？」法師瞪著書架上的渡鴉，「難道妳懷孕了?!」

「沒有！」艾絲緹幾乎尖叫起來，「您怎麼會這樣想！」

「那妳到底是什麼意思?什麼叫情況特殊？」

「是這樣的。十天後是我母親的生日，皇宮裡照例要舉辦宴會，那幾天正好是奈勒爵士回王都述職的日子。前不久我收到了他的來信，他平時話不多，但一寫信就十分肉麻。總之，他的意思是，他會精心為我母親準備一份禮物，並且可能會在那天向我……那個……向我求婚……」

「妳想答應？」伯里斯問。

艾絲緹大概有點不好意思，所以沒有直接回答：「我是王位第一繼承人，按祖制來說我是不可以外嫁的，奈勒爵士是家族次子，正好可以入贅皇室。他自己在信中也提到了這一點，看得出來他十分真誠。現在我擔心的，是黑崖堡地處偏遠，奈勒爵士在寫信時應該還沒聽過那些流言，一旦他回到王都，肯定會有一些七嘴八舌的小貴族圍著他嗡嗡不停，如果他相信了流言怎麼辦？如果他真的以為我和『死靈法師的兒子』私會，求不求婚倒是小事，更重要的，是這樣一來他就不會再信任我了，他甚至可能轉而追求我叔叔的女兒塔琳娜。萬一他和塔琳娜訂了婚，我叔叔的勢力就會進一步擴張……」

「妳想得還真多。據我所知，妳堂妹才十三歲。」

「我母親就是十四歲時和父王訂婚的。」

伯里斯想了一下，說：「行了，我明白妳的意思。艾絲緹，我也許能幫妳澄清謠言，但我需要妳再幫我個忙……」

「還是要大圖書館守密層的出入許可嗎？沒問題的，導師。」

「長期出入許可。」

公主思索了一下：「這個可能有點麻煩，我盡量試試看。這麼說，您打算來王都參加我母親的生日宴會？」

「是的，妳越開誠布公，謠言就越沒有立足之地。正好我也在思考將來的事，我不能一直躲著，外界早晚要熟悉我的新身分——柯雷夫．格爾肖，就叫這名字好了。艾絲緹，幫我要一份邀請函。我會為妳母親準備一份禮物，算是替不能到場的『法師伯里斯』送的。」

「兩份邀請函！」洛特立刻說，「我也要去。」

艾絲緹沒說話，等著導師的指示。

「好吧，兩份。洛特大人和我一起去。」伯里斯嘆口氣。反正他也不放心把骸骨大君一個人留在塔裡。

一切談妥後，艾絲緹和導師告別，金屬渡鴉搧著翅膀飛出高塔。洛特看著鳥兒的背影問：「她一直都用傳聲構裝體嗎？為什麼不用傳訊法術或水晶球什麼的？」

伯里斯說：「金屬構裝體身上的魔法波動最小。皇宮內也有施法者，艾絲緹不想被人發現自己是法師。」

洛特還是不明白：「我知道以前的貴族不會沾染祕術，但既然現在宮廷裡都有法師了，為什麼公主不能懂法術？」

「因為公主不能沾染一切『不體面』的事。」伯里斯回答，「比如宮廷裡有木匠、裁縫和廚師，這些職業沒什麼不妥，可如果公主親自做木工、縫紉或下廚做飯，會被認為十分不體面。更何況，艾絲緹和我一樣涉足了死靈系研究，所以在隱藏能力方面她得更加謹慎。現在大部分的人仍然認為死靈法術等同於是操縱靈魂、褻瀆屍體什麼的，即使是在施法者群體中，也有人只承認元素研究與感官幻術，反對死靈學與異界學。」

洛特點點頭，又想起了另一個疑問：「對了，你為什麼那麼討厭奧塔羅特信徒？」

「您知道為什麼。」伯里斯苦笑了一下，「您還記得六十年前我身邊的那些騎士嗎？他們的黑色盔甲上有靜寂之神的聖徽。其實他們對我已經相當溫和有禮了，至少還把我當人看。如果是一百多年前，奧塔羅特信徒會將所有死靈法師格殺勿論。」

「現在呢？他們不殺死靈法師了？」

「也會殺，但不會隨便殺。現在他們會先對你展開調查，然後提起訴訟，進行審判。不過判決結果倒是有商議的餘地，重則死刑，輕則罰款了事。從前，研究死靈法術即是原罪，後來十國邦聯和奧法聯合會頒布了一套法規，禁止無審判的捕殺行為，並將死靈學合法化，同時也禁止死靈法術中的若干種類型。凡是被禁止的法術，任何人不得施展、不得研究、不得教學、不得攜帶相關儲法物品，只要你不觸犯法規就不會被判罪。當然了，這套法規到處都是漏洞，有些法師會因為私仇而被逮捕，也有些法師可以利用人脈和勢力逃脫監管。」

「你就是逃脫監管的那種？」

伯里斯抿嘴一笑：「有時候是，其實大多數有成就的法師都是。」

沉默了幾秒後，洛特又問：「我仔細想了想，你其實不是特別反對艾絲緹和那個騎士的事吧？你嘴上說不同意，但我看得出來，你的態度根本不怎麼強硬。」

伯里斯無奈地說：「因為艾絲緹那傻孩子是真的很喜歡奈勒爵士。大人，您還記得公主的長相吧？」

「當然記得，她長得挺漂亮的。怎麼了？」

「您仔細回憶一下，她臉上是否有什麼不對勁的地方？」

洛特認真地仰頭想了一會兒，但並沒有想到什麼：「大概是她的表情太冷傲吧。她好像總是繃著臉，可能公主都是這樣。」

伯里斯說：「這就是了，大人。她不能笑。」

「什麼？」

「她沒有辦法露出笑容。不是她性格冷漠，而是她真的不能笑。我跟您說過，她還未出生就身染劇毒，差點活不過十四歲，直到現在也沒有真正痊癒。十二三歲時，她病危過幾次，我不得不用一些效果極端的藥物來搶救她的性命，毒素和藥劑在她體內產生了副作用，影響了她的面部神經，幾年後，她的病情穩定了，卻留下了不能笑的後遺症。」

想到這些，伯里斯深深嘆了口氣，接著說：「在王都貴族之中，她早就有了『不笑公主』的稱號。不少人把『逗艾絲緹發笑』當做一種挑戰，還有人認為能逗她笑的人很可能被她選為夫婿。這就要說到奈勒爵士了。我第一次見到他，是在艾絲緹二十歲生日那天。帕西亞陛下送了她一座牧場和十幾匹駿馬，於是她的生日宴會移到牧場外的行宮舉辦。奈勒爵士和他的兄弟表演了一場點到即止的長槍比武，還為艾絲緹單獨籌備了一次小型閱兵。那時我就發現了，艾絲緹看他的眼神有點不對。在晚上的舞會之前，我發現艾絲緹偷偷對自己施展了法術。她用的是一個操縱術，能讓受術者做出各種表情和動作，只要不超過受術者身體的極限即可。通常我們用這種法術來控制屍體，讓它們做出正常的姿態和表情來偽裝活人，對真正的活人也能用，但很難成功，而且受術者的面部會麻痺難受。我從沒見過有人對自己施放，艾絲緹是第一個。」

洛特聽得很認真：「她為什麼要這樣做？為了追求那個男的？」

「可以這麼說吧。」伯里斯說，「那天下午我看到奈勒爵士和她談話，他們說好要在舞會上跳完所有曲子，不讓任何男士有機會邀請艾絲緹，也不讓任何女士有機會挽住奈勒。舞會開始後，艾絲緹依照約定與奈勒跳完了一支又一支的舞，而且不時露出淡淡的笑容。雖然她笑得很僵硬，但所有人都看到了，她確實笑了。艾絲緹的施法時間是有限的，她還沒跳完最後一曲，就像故事中的仙杜瑞拉一樣匆匆逃出行宮，儘管她是宮殿未來的主人，騎士才是被挑選的灰姑娘。從那天起，人們都默認他們兩人將來一定會結婚，這大概也是艾絲緹的用意吧。」

洛特從愛情故事中吸取了充足的能量，整個人都精神了不少：「我懂了。她對騎士的感情很深，而且他們的關係是被眾人期待且祝福著。你很清楚，不管你再怎麼警示，他們都不太可能會分開。可是，他們的關係也確實很危險，騎士與公主信念相悖，公主

致施法者伯里斯閣下及家屬

一味靠隱瞞來獲得信任，這麼下去，他們最好的結果是分手，最差的結果是反目成仇，再更差一點的結果就是……」說到這，他頓了頓，把懷裡的赫羅爾夫伯爵放在腳邊的地毯上，「不管結果是什麼，反正會很難收場。」

「所以我想去看看。」伯里斯說，「第一，我確實想要大圖書館守密層的長期進出許可；第二，謠言過度發酵對誰都不好，我用現在的面貌光明正大地出場，也許能夠熄滅那些流言蜚語；第三，我想多接觸一下那位奈勒爵士，我需要確認，他是否會成為潛在的敵人。」

「這麼一說，他和公主的戀愛關係反而是最不需要考慮的了？」洛特問。

「那是他們之間的事，我考慮什麼？」伯里斯的語氣中有點小不耐煩，「只要別出大事，別出人命，別影響艾絲緹的未來，他們愛在一起就在一起，愛分手就分手。如果讓我說實話，我其實不支持法師和外行人在一起。我見過不少優秀的年輕學徒，他們很多人都是因為和外行人結婚而耽誤了前程。就算不想找法師，也至少找個藥劑師啊、醫生啊什麼的，再不然，施法材料商會的生意人也勉強可以。總之，外行人會束縛你，就算他們再怎麼尊重你，也一樣會束縛你。他們一輩子也不能理解我們所喜愛的事物，甚至他們根本不想理解。他們會勸你，說平淡的日子才是真正的人生，殊不知這是因為他們只能選擇平淡的日子。」

伯里斯憤憤的樣子讓洛特覺得很有趣：「我懂了，因為你一直沒結婚，所以才能成為知名的法師。」

伯里斯立刻反駁：「您的因果關係表達不準確。我是選擇獻身研究，放棄涉足婚姻，但不是因為沒結婚才能當法師。奧法聯合會現任議長就有個美滿的家庭，她的丈夫是個歷史學者。」

「沒結婚不稀奇，我活了這麼久也沒結過婚。不過……難道你也沒談過戀愛嗎？」

伯里斯臉蛋一抽，盯著眼前的羊皮紙沉默了一會兒才回答：「人上了年紀就對那些事不感興趣了。那都是年輕人的事……」

「奇怪了，」洛特再次坐到桌子上，興致勃勃地向前探身，「剛才你和公主殿下說話的時候，我注意到你說了一句『我活了八十多歲，見過無數年輕人談戀愛』。真奇怪，你怎麼不說『我談過那麼多次戀愛』呢？你為什麼光看別人談戀愛呢？」

「那只是隨口一說，並不是談話的重點……」伯里斯一陣眩暈，很想逃跑。

「越是隨口一說，越能反映人們真正的想法。」洛特窮追不捨。

伯里斯無奈地抬起頭：「大人，您到底想問我什麼？」

洛特笑嘻嘻地說：「剛才我問過了——難道你沒談過戀愛？」

「我……談過，當然談過。」

致施法者伯里斯閣下及家屬

「和誰談？」

「呃，我不記得對方的名字了。那是我年輕的時候……」

洛特追問道：「那時你多大？認識我了嗎？你在什麼地方認識對方？對方是男的女的？是法師還是什麼人？年紀多大？後來你們為什麼分手？」

伯里斯絕望地扶額：「大人，您在每百年的七天中都是這樣和別人聊天的嗎？」

「不，我挺少和人聊天的。快回答啊，說不出細節就意味著撒謊，細節太嚴密也有可能是撒謊。」

「好吧，」法師低著頭，發現赫羅爾夫伯爵蠕動到了他腳邊，這給了他一個合理的、不抬頭的機會，「我確實沒談過戀愛，行了吧？這又不是什麼丟人的事。」

洛特乘勝追擊：「既然不丟人，那你幹嘛騙我？我又不會嘲笑你。你不就是八十四歲都沒談過戀愛嗎？確實不稀奇，很多煉獄生物活了幾千年也沒談過戀愛……」

「您見過煉獄生物？」伯里斯決定模仿骸骨大君，把這個話題岔過去。

洛特說：「很久以前見過，最近當然沒有了。煉獄和人間相通的年代距今太久遠，它早就被隔離。伯里斯，你的塔裡沒有女人嗎？除了公主殿下之外。」

「有過。」伯里斯心裡暗叫不妙，看來他失敗了。

「你一個也沒看上嗎？還是她們都看不上你？不應該啊，我覺得你長得還算不錯。

臉形也比較好看，缺點是眉毛有點稀疏，唇形也一般，顯得有點刻薄。不過你的眼睛顏色非常漂亮，很清澈……」

毫不見外的骸骨大君伸手托了一下伯里斯的下巴，伯里斯尷尬地扭頭躲開：「不是這些原因。大人，您還有事嗎？說真的，我還有一堆東西要處理，我們可以晚點再繼續聊天……」

「別害羞嘛。」洛特笑笑，「不就是沒談過戀愛嗎？我也沒談過，這有什麼大不了的？」

伯里斯保持微笑，暗自腹誹：您當然沒談過，您每一百年才能出來七天，剩下的時間都在亡者之沼和一群異界不死生物相伴，您和誰談？

「那我再問一個問題。」洛特的好奇心沒完沒了，「你是對任何人都不感興趣？還是偷偷暗戀過別人？這兩者有很大的區別。」

伯里斯站起身，從旁邊的櫃子裡拿出一只錢袋。「您想不想去桑達里鎮的月末集市？那個集市在每月月末舉辦三天，今天剛好是第一天。集市上有南部諸國的特色食物，有打折出售的精靈服飾，有各類時令水果和小吃，還有巡遊馬戲團和歌舞演出，挺有趣的。您去那邊玩玩如何？這些錢您拿好。」

「你嫌我礙事？」洛特伸手接過錢袋。

致施法者伯里斯閣下及家屬

「不是，我很喜歡和您聊天。」伯里斯說，「但我喜歡把工作時間和休息時間盡量分開，現在是我的工作時間。這不是針對您，我對任何人都是一樣的。」

「你都這麼有錢了，何必追求自律……」洛特嘟囔著拿起錢袋，從他閃閃發光的眼睛來看，他的心已經飛到了桑達里鎮的集市上，「桑達里鎮怎麼走？先進入薩戈邊境，飛鼠鎮偏西一點，過了河再走一小段就到了，對吧？」

「是的。」伯里斯將他送出書房，「但您別騎馬去，那裡有點遠，騎馬太累了。您去找威利斯先生，它會帶您使用塔下的固定傳送陣。我有一個近距離傳送陣是通向桑達里鎮，落腳點在鎮裡的一家法術藥材商店中，您到達後直接走出去就可以了，店主不會多問您什麼的。」

洛特嘟囔著：「看來你不打算和我一起去……」

伯里斯退回書房內：「我要工作。如果您更喜歡結伴出遊，您可以期待一下幾天後，很快我們就要一起去薩戈王都了，那邊很繁華、很好玩。」

魔像威利斯先生從樓道轉角走出來，洛特對伯里斯揮揮手，跟著魔像踏上浮碟，開心地飄向塔底。

伯里斯嘆著氣搖頭，心裡說不出是什麼滋味。在找到亡者之沼的入口前，他足足做了幾十年的心理準備，他不停告訴自己：骸骨大君不比凡人，即使「法師伯里斯」在世俗中小有名氣且事業有成，他也必須對大君尊敬有加，甚至頂禮膜拜，這樣才能贏得對方的喜歡和信任。

他做好了侍奉一位君主的準備，可現在他卻像在溺愛一個不學無術且精神世界空虛的孩子，以及這孩子的小動物們。

伯里斯坐回桌前，赫羅爾夫伯爵露著肚子在他的椅子下熟睡。法師提醒自己：其實骸骨大君也不算太糟糕，雖然他言行幼稚、沉迷緋聞、熱愛揮霍、審美堪憂，不過他對研究還是挺有幫助的，他身上的很多特質都非常令人吃驚。

伯里斯翻開筆記，最近幾頁都是關於骸骨大君的測試紀錄。

他每天都會讓洛特參與一些測試，測試都很短暫，只有幾分鐘的時間。因為伯里斯不希望讓骸骨大君產生厭煩的情緒，更不希望他感覺自己像個實驗品。

骸骨大君對所有神術免疫，也對大多數奧術免疫。根據記載，神術來源於遠古諸神，在位面割離發生之前，祂們在人間的活動中留下了一些力量脈絡。這些脈絡如蛛絲般牽連著世界與祂們自身，普通人看不見也摸不著，只有少數虔信者才會在經年累月的祈禱中被神術脈絡觸及。總之，人類的神術來自這些脈絡，而脈絡中的力量卻遠不及遠古諸神真正的神力。骸骨大君的神術免疫很好理解，畢竟他是半神，本身就來源於諸神，神術當然對他完全無效。

致施法者伯里斯閣下及家屬

而他對奧術的免疫就複雜許多。他對即時傷害性的法術完全免疫，對產生物理效果的法術則不一定。他可以毫髮無損地面對魔法電流，但如果用魔法將他腳下的土地變成沼澤，那麼他也會陷入泥淖中；在單體法術方面，他對詛咒類、即死類全部免疫，而有益於他的援護類法術卻都能很好地在他身上運作；在力場類法術上，他可以直接穿過力場壁障，可以徒手破壞祕法封印，但他又可以踩在塔裡的浮碟上移動——要知道，浮碟的原理和魔法監牢沒什麼區別。還有，他既能看透欺騙性的幻術，也可以欣賞幻術歌舞表演；他能使用傳送法陣，卻不會被打斷傳送的符文束縛。

這還不是最誇張的。更令人吃驚的，是骸骨大君對普通物理攻擊也有一定的抗性。他不怕火焰，可以在水中呼吸，毒素也無法侵蝕他。他曾經不小心用新買的劍割傷自己，傷口卻瞬間痊癒，比伯里斯見過的任何高等不死生物痊癒得都快。但奇怪的是，他竟然可以剪頭髮，可以剪指甲，今天他還剛剛修過眉毛。

千言萬語彙聚成一句話：有利於我的就能生效，不利於我的就毫無效果。這就是骸骨大君的傷害免疫特徵。

恐怕大多數法師都會覺得這結論不符合邏輯。哪有這麼好的事？簡直是不講道理。但伯里斯很清楚，這都是真的。

骸骨大君的特別之處不在於他能毀滅什麼，而是在於……他基本不可能被毀滅。

但這並不意味著他欠缺攻擊能力。現在的骸骨大君被剝離神格，他與自己出生的神域斷開聯繫，如果有一天他能重新得到屬於自己的力量，他就會成為真正的神，而不再是半神。

伯里斯認為，洛特隱瞞他的事情或多或少與此有關。

但他只能慢慢觀察，盡力讓洛特信任自己，盡量讓洛特喜歡世間的一切。

具體的做法，就是給他最舒適豪華的房間，床類品使用皇宮裡都少有的細膩綢緞，讓廚房一日三餐準備各地特色佳餚，還要給他錢讓他隨便出去玩，任他隨意買馬、買狗、買沒用的飾品、買鮮豔到刺眼的衣服，滿足他的好奇心，對他提的問題認真回答，他想去什麼地方就讓他去，他不想說的事情就不問。

不是一兩天，也不是一兩年，他必須一直這樣對洛特。他早就決定好了，反正對現在的他來說，這些並不難。他希望骸骨大君能夠滿足於此。

不然，你還能怎麼對一個人好呢？伯里斯幾乎想像不出來。

致施法者 伯里斯閣下及家屬

To Burris the Spellcaster and His Family Dependent

Chapter 08

致施法者伯里斯閣下及家屬

雪越下越大。

伯里斯．格爾肖回過頭，白色高塔的輪廓完全融進了風雪之中，只有熊熊火焰昭示著它的存在。

伊里爾導師死在了實驗室裡。他渾身焦黑，身中數箭，最後被一柄長槍釘在尚未啟動的法陣上。之後，奧塔羅特神殿的騎士團又處決了高塔內所有的實驗生物，諸多收藏品和書籍也被付之一炬。

伯里斯哭喊著，求他們不要毀壞書籍和實驗室，伊里爾導師罪孽深重，但這些知識是中立而無罪的。可惜，神殿騎士們不這樣想，在他們看來，死靈法術本身就是一種邪惡。

騎士們在實驗室和書房中灑滿了燃燒劑，很快，整座高塔都被火焰吞噬了。伯里斯渾渾噩噩地被推著離開，過了好一會兒，他才發現自己被關進了囚車裡。

因為他只會哭哭啼啼，那些騎士也沒太為難他。聽說他們對危險的施法者罪犯可不是這樣。如果案件需要你陳述證言，他們就用木塞堵住你的嘴，幾天過去，就算他們拔出木塞，你的嘴巴也沒辦法自己合上；如果沒人需要你提供證言，他們就會割掉你的舌頭或破壞你的聲帶。只要你有嘗試施法的舉動，他們就會折斷你手指，如果你膽敢一再反抗，他們就挑斷你的手腳肌腱，甚至還會刺瞎你的雙目。總之，他們必須保證你毫無施法還擊的可能。

幾十年前，這些發生在審判前的野蠻行為非常常見。但現在奧塔羅特神殿學會了用藥水控制俘虜，原則上禁止毫無意義的虐待行為——除非俘虜太過危險，且難以控制。

對待學徒伯里斯．格爾肖時，騎士們已經算是非常客氣了。伯里斯不算什麼危險的法師，他只是個二十歲左右的年輕學徒。

而且，正因為有他的協助，奧塔羅特神殿才能掌握充足的證據，也才有機會派出騎士團將伊里爾合法處死。

伊里爾導師統治著一片不屬於任何國家的北方平原，在他的領地內，他幾乎可以為所欲為。如果沒有能夠令人信服的證據和理由，不論是神殿還是鄰國都無法對他出手。

伯里斯並不是一開始就打算當背叛者，他本來想做一名藥劑師，後來機緣巧合才進入了伊里爾的法師塔。他是真的想追求知識，想去研究生死之間的奧祕。

可是，後來他逐漸意識到，他的導師伊里爾是個暴君，而不是研究者。他不會留下知識，只會帶來毀滅。

伊里爾為群山中的灰山精提供武器，又向邊境居民和平原遊牧部落渲染灰山精的野心；他用戰爭來測試自己的魔法武器，又透過戰爭收割大量的亡骸和靈魂；他讓平原血流成河，讓生命臣服在他腳下，他甚至打算把統治區的生命都變成祭品，以此來連接遠

致施法者伯里斯閣下及家屬

古時被隔絕的位面，尋找早已遠離人世的煉獄。

人們都知道，獲得力量的下一步就是膨脹的野心和謀求更大的權力。這不奇怪，甚至這樣才是正常的。野心家都想要征服更多領地、獲得更多支配權，人們真正需要的是勝利後無止境的利益，而不是遍地死亡、毫無希望的世界。

但導師伊里爾不是這樣。伊里爾追求的不是實現野心，而是毀滅和支配的快感。他喜歡以殺戮來讓他人恐懼，再從恐懼中得到滿足，然後以這份滿足感為動力，再繼續製造更大規模的殺戮。在伯里斯看來，這根本就毫無意義。

如果伊里爾獲勝，他或他的盟友絕不會有美酒與財富可以享用，因為他們早已將一切毀滅。

騎士團發起進攻這天正是冬至。平原和冰湖連下了三天的雪，而且越下越大。伯里斯蜷縮在囚車內，一直回望著高塔，眼淚凍結在他臉上，讓皮膚陣陣刺痛。

有個年輕騎士以為他害怕了，便安慰了他幾句。騎士說：「我們知道你本性不壞，不然也不會冒險幫我們搜集伊里爾的罪證，但畢竟你是他的學徒，也參與過他罪惡的行徑，我們還是要把你抓回去，這樣才能給神殿、給附近其他國家、給本地部族一個交代。別怕，你將面對公正的審判，將功抵罪的行為會得到肯定。」

高塔漸漸從視野中消失。伯里斯稍微放鬆了些，不過押送他的騎士並沒有放鬆。伯里斯很清楚，背叛導師的行為雖然有利於外界，但別人並不會因此而信任他。

在遮蔽視野的風雪中，伯里斯隱約看到了一個人影。

那人走在騎士團隊列最後面，個子很高，走得很慢，彷彿是高大而遲鈍的老兵。奧塔羅特神殿騎士的盔甲是黑色的，隊尾那人也一身漆黑，他頭上似乎戴了一頂長角的頭盔，和騎士們的羽穗形狀完全不同。

視線稍微移動，那個人又不見了。也不一定是「不見了」，也許只是換了位置，或摘下頭盔……還是那根本不是頭盔？

伯里斯精神恍惚，眼睛也不太清晰。他總是在偶然一瞥時看見人影，仔細看去，又似乎只是錯覺。

軍隊在風雪中行進得很慢，一整天下來，那個人影仍時隱時現。伯里斯不再留意他，那就只是個走得很慢的高個子而已，不然還能是什麼呢？

如果他是漏網的怪物，早就該大開殺戒了；如果他是只有我能看見的死神，為何他還不來收割我的靈魂？

致施法者伯里斯閣下及家屬

做夢會延長人的睡眠時間。伯里斯通常醒得很早，今天卻一覺睡到了中午。

他是被敲門聲吵醒的。多虧洛特在外面邊喊邊死命地敲門，不然伯里斯的長夢恐怕還會繼續。他一勞累就容易夢到過去，夢到年輕時的事。畫面就像是重複播放的影片，只是細節不太清晰而已。

昨天他在馬車上顛簸了一整天，好不容易趕在王都城門關閉前進了城。出於安全考慮，薩戈境內的幾個大城市都禁止法術傳送，也禁止固定傳送陣。王都內就更嚴了，它劃定的禁止傳送範圍從城牆外延伸好幾十里，附近的崗哨內都設了監測石，讓在王都真理之塔內的軍事法師們可以即時監控上面傳來的波動。

這套系統是多年前伯里斯親自設計的，他倒是有辦法避過監控直接傳送進王都，但必須是原來的他才能做到。靈魂不同調的問題仍未解決，很多高階法術他都不能施展。於是他只能先用傳送陣抵達其他地點，然後再雇馬車繼續前進。

他使用的傳送陣位於翡翠莊園邊，距離王都還有一段距離，好在有一條大路能快速抵達。可惜誰能料想到，這幾天官道的一座橋上出現了裂縫，所有馬車都必須繞行，原本半天的路程變成從早晨走到日落。抵達王都時，伯里斯整個人無精打采，腰部以下完全麻木了。洛特倒是毫不疲憊，他和車夫一起坐在前面，看到高拱門或商業街都要大呼小叫，完全是個盡職盡責的鄉巴佬。

因為持有宮廷邀請函，伯里斯和洛特住進了專門為貴賓準備的旅店。入住之後，伯里斯累得不想說話，連晚餐都是讓人送進房間，洛特則興致勃勃地留在大廳觀賞歌舞表演。

儘管洛特審美堪憂還愛亂花錢，但他有一點令伯里斯非常放心：他絕不會隨便向陌生人透露自己的身分。

在冬青村，他自稱法師塔的客人；在其他小鎮，他自稱是商人之子出來旅行；在王都的旅店，他自稱是法師塔的使者，這個答案既寬泛又精確，通常聽者會了然一笑，不再問東問西。正因為如此，伯里斯才能留在屋裡安心休息，完全不用盯著洛特幫他圓謊。

伯里斯迷迷糊糊地想著，在床上癱了好久才徹底清醒。洛特還在敲門，而且敲出了節奏感。伯里斯不慌不忙地坐起來，喝了口水，慢悠悠地過去開門。

「你是二十歲還是八十歲？怎麼行動如此緩慢？」門一打開，洛特就溜了進來，「真是一點年輕人的朝氣都沒有，怎麼看都還是八十歲的老頭子。」

伯里斯慢半拍地回答：「也不是這樣。老人睡覺少，年輕的身體需要更多睡眠。大人，您急著叫我是需要我幫什麼忙嗎？」

「不是。我剛才聽到了一個十分驚人的消息！」洛特雙手按住法師的肩，嚴肅地說，「昨天夜裡，塔琳娜小姐被榴槤扎死了！」

致施法者伯里斯閣下及家屬

伯里斯微張著嘴，一時無法把聽到的詞語組合成有效資訊。

「塔琳娜？」他問，「是那個塔琳娜嗎？艾絲緹的堂妹，蘭托親王的小女兒？」

「是她。」

「她死了？」

「有人說昏倒了，也有人說是死了。死掉的版本是早晨來旅店送酒的商人說的，商人是聽皇宮城牆外巡邏的士兵說的，士兵是聽侍女說的。旅店老闆反駁說塔琳娜小姐並不是死了，而是突發急病，老闆是聽綢緞商說的，綢緞商是聽準備入宮演奏的詩人說的。」

這不全部都是小道消息嗎……伯里斯突然想到了另一個重點：「等等，你剛才說塔琳娜是怎麼死的？」

「被榴槤扎死的。」

「被榴槤？您是說榴槤？大人，您見過榴槤嗎？那種從昆緹利亞進口的水果，黃顏色，很大，外皮上有很多刺，剝開來很難聞……」

「就是那東西。我沒吃過，不過我見過它。」

「人怎麼可能被榴槤扎死？」伯里斯完全感覺不到凶案的恐怖氣氛。

洛特聳聳肩：「我也不知道細節。今天下午我們就要進皇宮了，到時候艾絲緹肯定會跟你說這件事。對了，伯里斯，我還發現了一件事……」

說到這裡，洛特壓低聲音，伯里斯也不由得跟著皺起了眉頭。

洛特伸出手指，勾了勾蜷曲在法師肩上的亞麻色髮梢：「我發現……你披著頭髮非常好看，你以後別綁頭髮了吧，你綁起頭髮像個古板的老學究，披著頭髮更有青春活力。」

伯里斯無奈地走開：「您總是這麼快轉換話題，我跟不上您的思維節奏。」

「沒關係，你會習慣的。」洛特靠在桌邊，看著伯里斯束頭髮、穿外套。

身後的視線令人非常不自在，伯里斯衣服換到一半就拿起杯子和毛巾去了盥洗室，借著漱洗的機會偷偷把衣服整理好。

其實他不用脫衣服，也不會露出什麼不該露的地方，再說了，就算露了也沒什麼關係，外面站著的不是人，是半神異界高等不死生物，而且還同為男性。但他就是不願意被一直盯著看，共處一室穿衣漱洗？這過於親密了，對他來說有點陌生，也有點怪異。

「伯里斯，」洛特的聲音從外面傳來，「當初你是不是沒想到我這麼煩人？」

法師輕笑：「我並沒有覺得您煩人，大人。」

洛特毫不客氣地說：「我不是那個意思，我知道你不煩我。這裡的『煩人』不是貶義，而是『過於活潑開朗充滿好奇心而且注重生活情趣』的意思。」

伯里斯慢慢洗著臉，洛特在外面繼續說：「六十幾年前剛遇見你的時候，我故意沒和你說太多話。那時候你看上去病懨懨的，精神還不是很穩定，而且我不知道你的性格，怕隨便聊天會嚇到你。」

「其實不會。」伯里斯擦著臉，「您的語言和常人沒有區別，反而是您的外形更嚇人一些。一開始我確實嚇到了，不過我很快就接受了眼前的現實。」

洛特突然衝過來，不客氣地打開盥洗室的門，伯里斯回過頭，暗暗決定以後關門必須反鎖，幸好這次他只是在洗臉而已。

「你知道嗎？一說起從前的事我就特別激動！」洛特一手撐著門框，從表情看來，他確實很激動，「那時候我就覺得你肯定是能成大事的人！我果然沒看錯，我的小法師變得這麼厲害、這麼有錢！現在每天看著你，我就……我簡直想……」

伯里斯嚇得把毛巾掉進了水盆裡：「您……想什麼？」

洛特沒往下說，他維持著單手撐著門框的姿勢，一動不動了好幾秒鐘。最終他把手放下，面帶歉意地退回房間裡。

「也沒什麼，不說了，換個話題吧。」他站到窗邊，背對法師，裝作在看風景，「剛才我只是偶爾抒發一下情感。我的文學造詣不深，可能詞不達意，所以還是不說了。說出來肯定會嚇到你，別介意，別問了。」

伯里斯點頭「嗯」了一聲，坐下來整理隨身物品。洛特看了幾分鐘風景，轉過頭說道：「我叫你別問，你就真的不問了啊？」

「我……遵從您的意願。」伯里斯模棱兩可地回答。其實他十分好奇洛特到底想說什麼，但又覺得最好別讓他說出口。

因為伯里斯低著頭，所以他沒看到洛特臉上的風雲變幻——就像一個酒鬼痛下決心推開酒杯，或像空歡喜的獵人在德魯伊的怒視下不得不放跑陷阱裡的小鹿。

最終，洛特還是沒有說下去。他恢復了精神抖擻的狀態，端起伯里斯的杯子喝了點水，便跑回自己的房間換禮服去了。

晚宴將在日落後開始，賓客在下午茶時間就可以進入皇宮。伯里斯現在的身分是「柯雷夫」，一名年輕卻十分受重視的法師學徒，他要換上更符合身分、符合年輕人風格的衣服，不能穿得和老伯里斯一樣。

脫掉大斗篷之後，伯里斯有種變成無殼蝸牛的不安全感。他選了一件淺銀灰色禮服，外面披著靛色風袍，這是法師禮服的常見搭配，但只能用於慶典，畢竟衣服材質厚重堅硬，不夠舒適也不適合外出。

在其他賓客眼裡，洛特的身分是個謎，審美也是個謎。

他的黑髮用亮紫色的緞帶紮起，身穿藍絲絨禮服和玫瑰金色長袍，肩前的金色別針上鑲嵌著細小的紅輝石，組成了一隻小龍頭。這都不算什麼，更恐怖的是，他繫著精靈風格的墨綠色銀邊腰帶，下面配了一條金色褲子，褲子左右還有兩排流蘇隨著他的步伐婀娜起舞。他全身上下最低調的只有長靴，遠看它只是純黑色的皮靴，走近一看就會發現，靴子兩側貼滿了尖尖的小水晶，在強光下，每個切面都閃爍著不一樣的色彩。

這身打扮一看就不像法師學徒，所以洛特也沒有冒充學徒的必要。他的請柬上寫著「法師伯里斯的使者」，而貴族和宮廷侍者都覺得他是邊境商人出身的暴發戶地主，真理塔的法師則認為他是抱上伯里斯大腿的術士。

不過，比起五光十色的洛特，「學徒柯雷夫」反而更引人注目。很多人都猜到了，他就是傳聞中的年輕學徒，那個與老死靈法師有血緣關係的孩子。這些都在伯里斯的預料之內，所以他也不太介意。他知道，很快就會有人來單獨聯繫他。

在皇宮花園和回廊裡隨便逛了一會兒後，果然有人叫住了他。對方是來自王都真理塔的法師，三十多歲，蒼白高䠷，負責大圖書館的日常事務管理，伯里斯接觸過她，她好像叫「海達」。

海達借著談論書籍外借的問題，帶伯里斯沿花園小徑慢慢遠離其他賓客。本來伯里斯還擔心洛特跟不上，正四處觀望，只見洛特像跟蹤獵物的山貓一樣從其他小路上偷偷跟著他們，還穩穩地端著一杯花果茶。

他們跟著海達從近衛軍軍營走到僕人房，再從修整中的花園穿過封閉的漿果園，繞了不少路才來到了某幢宮苑的後門。進去之後，海達說自己會留在一樓休息，讓兩位法師客人自行上樓。

二樓的大廳裡，艾絲緹正在等待著他們。這裡只有她和一名遠遠站著的侍女，侍女是公主的親信，知道公主法師的身分。今天艾絲緹穿的不是旅行馬裝和法師袍，而是玫瑰色的宮廷禮服。看到伯里斯時，她稍微有些吃驚，大概是因為伯里斯換了身衣服，不再像是老法師重獲新生，倒像個真正的二十歲年輕人了。

「導師，」公主壓低聲音，「今天在外面時，我必須稱呼您為『柯雷夫先生』，您也要稱我為殿下。」

「我當然知道，殿下。」伯里斯瞟向大廳深處朝著走廊的門，「妳堂妹的事……」

「果然您也聽說了。」

洛特湊過來：「她真的是被榴槤扎死的嗎？」

公主露出難以置信的表情：「連榴槤的事都傳出去了？不，她沒有被榴槤扎死，但這件事裡真的有榴槤。說來詭異，我……」

她留意了一下四周，遠處的侍女替她瞭望走廊，做出沒有人的手勢，她才繼續說下去：「我檢查過了，她中了假死詛咒。事發現場沒有可疑人物，法術應該是透過預置觸發術實現的。我試著幫她解除，但沒成功。」

伯里斯點點頭：「等一會兒我去看看。那榴槤又是怎麼回事？」

艾絲緹帶著他們進入走廊，來到一間客房前。這裡的客房原本不是用來招待親王之女的，現在如此安排只是為了保密。塔琳娜小姐情況特殊，帕西亞陛下和親王都不希望引起騷亂。

年僅十三歲的少女閉著眼平躺在床上。她面色蒼白，眼窩微陷，嘴唇發紫，胸口毫無起伏，猛一看和已經死去沒什麼區別。她床前坐著一個身著華服的青年，這是艾絲緹的堂弟，塔琳娜的第二個哥哥，銀隼堡騎士團的見習騎士夏爾。

聽到來客是「法師伯里斯」的使者，夏爾滿面的愁容稍稍消散了些。他猛地站起來，伯里斯幾乎覺得屋裡的燈火都暗了暗。夏爾又高又壯，比伯里斯高出兩個頭，他外形威武，臉上卻稚氣未脫，恐怕比「現在的」伯里斯還年少一些。

上次我見到這麼強壯的年輕人時，對方是個半獸人。伯里斯默默想著。

和客人們打過招呼後，夏爾縮回床邊握著妹妹的手，苦著臉說：「法師們，看看她吧。她被一個邪惡的瘋術士害成這樣……」

「跟我說說這個瘋術士。」伯里斯邊說邊在塔琳娜身邊施法檢查了一下。艾絲緹的判斷完全正確，這女孩確實中了假死詛咒。

夏爾端正坐姿，拿出向長官彙報軍情的嚴肅態度：「是這樣的，我父親的銀隼堡在落月山脈附近，而落月山脈曾經盤踞著一些蠻族和獸人部族，他們來自山脈另一側，總是一次次進犯我們的防線。多年前，我父親率軍征伐匪徒，他花了好幾年才把那些邪惡的生物趕回深山中，讓他們再也不敢侵擾人類城鎮。當年參與戰鬥的不僅有軍人，還有一些本地平民武裝力量以及零星幾個施法者。」

伯里斯很熟悉落月山脈戰役。他的工廠曾為此生產了大量遠距離附魔武器，比如附加魔法傷害的複合弓和單手弩、能連發重弩矢的山地戰車、只殺傷生物卻不點燃樹木的魔法火焰炸藥。面對獸人和蠻族，人類步兵在近戰中沒有什麼優勢，而山地戰場又不適合騎兵布陣，所以魔法和使用附魔武器的弓兵在那次戰役中起到了非凡的作用。

夏爾接著說：「當年我父親有個術士盟友，大家都叫他『紅禿鷲』。因為他有一頭紅髮，而且殘留的髮量稀少。那人原本住在山脈附近的村子裡，村民把他當牧師一樣崇拜，我父親一直看不慣他，因為他經常利用自己的施法天賦愚弄別人。但打起仗來之後，他竟然出乎意料地可靠，於是我父親對他大為改觀，還承諾贏得戰爭後要請他到城堡裡任職。」

少年騎士說到這，洛特又犯了插話的毛病：「我猜猜！結果你父親贏了戰爭就反悔了，導致紅禿鷲瘋狂地報復你們……」

「並不是這樣！」夏爾漲紅著臉說，「紅禿鷲確實報復了我們，他這是恩將仇報！戰爭平息後我父親並沒有反悔，他真的把紅禿鷲請到了城堡裡。紅禿鷲本來就瘋瘋癲癲的，不知道為什麼越來越嚴重，幾乎什麼工作也做不了。當年參加過戰爭的還有一兩個法師，連那些法師也覺得紅禿鷲非常奇怪，他們說他由弱到強進展得太快，這不正常；後來他突然變弱也很不正常。可惜我聽不懂法師們的閒談，只能大概理解到這個地步……」

伯里斯委婉地催促他講重點：「那麼，是這個瘋術士傷害了你妹妹塔琳娜嗎？」

夏爾說：「肯定是他做的。事情要從我妹妹出生後不久說起，塔琳娜快要滿月的時候，我父母在城堡裡舉辦了一場慶典，邀請了附近的鄉紳和當年參戰的朋友……」

洛特再次插嘴：「我聽說人們通常只在生第一個孩子的時候才這樣慶祝，你妹妹都是第三個了，你父母生你哥哥和你之後也這樣慶祝嗎？」

夏爾誠實地回答：「都慶祝。我們在整座城市舉辦狂歡節，整整慶祝一晝夜。」

「這是為什麼？當地習俗？」

「不是，因為有錢。」

「……行，你繼續說。」

少年騎士繼續陳述：「這次慶典，我父親沒有邀請紅禿鷲。更確切地說，紅禿鷲已經無法參與活動了。他的精神不正常，經常胡言亂語，沒人看護根本不能出門。我父親在他的屋外設了輪班崗哨，有士兵專門盯著他不讓他亂跑。慶典上，負責值班的士兵有點鬆懈，於是紅禿鷲跑了出來，還一路闖進宴會廳，當著所有賓客的面大鬧起來。他指責我父親不遵守承諾，還說要用八百個大火球掀翻城堡什麼的。這時，還是嬰兒的塔琳娜被他嚇得大哭起來，他注意到塔琳娜，就大喊大叫著要詛咒她……」

伯里斯有點想笑，只能拚命忍住，保持著莊重的表情：「呃……難道紅禿鷲詛咒你妹妹將來會被紡錘刺死嗎？」

「當然不是紡錘！」洛特替少年回答，「那術士說的肯定是被榴槤刺死！」

夏爾點點頭：「對，他說的是榴槤。當時他面前的桌子上正擺著從昆緹利亞運來的榴槤。他想抓起榴槤扔向我父親，卻被它扎痛了手，於是他丟下榴槤，指著我妹妹說：『我以元素之力詛咒這個孩子，她長大後會被榴槤刺中手指而死！』」

愚蠢的元素之力，塔琳娜中的分明是死靈系法術。伯里斯極力控制著自己臉上的不屑。

這時，洛特的好奇心提醒了大家：「這事應該還沒結束吧？宴會上應該還有其他施法者，這時應該有人站出來，自稱可以破除瘋術士的詛咒……」

「是的！有這個人！」夏爾說，「我父親非常生氣，叫士兵把紅禿鷲拖了下去。這時有一個法師站了出來，那是個精靈法師，是我父親的客人，也參加過驅逐獸人的戰役。」

伯里斯一愣。據他所知，參加過落月山脈戰役的精靈法師只有一個……

「是個男性精靈？名字叫黑松？」

「對，是他。」

聽到夏爾的回答，伯里斯一陣痛心，感覺自己很對不起無辜受害的塔琳娜。「那個精靈法師……他做了什麼？」伯里斯無力地問。

夏爾說：「他叫我父母不要擔心，他會阻止塔琳娜的死亡。他在塔琳娜身上留下了一個法術，讓她被榴槤刺傷時不會死去，而是陷入假死狀態。他還說，在她假死期間會有人可以解救她的。後來為了安全起見，我們的城堡就不再進口榴槤，塔琳娜也一直沒有見過榴槤。直到昨天，她在皇宮裡到處閒逛時看到了蔬果商會送來的貨物。」

很好，很好，黑松你做得非常好。伯里斯把臉埋進雙手掌心，久久沒有說話。

那個瘋術士多半不懂什麼詛咒。他日漸瘋狂和力量的波動確實很奇怪，如果將來有必要，伯里斯想抽空調查。但針對「榴槤詛咒」這件事來說，這術士根本不具備一句話就能奪去他人生命的能力。那句詛咒只是瘋言瘋語，而黑松不加調查就當真了，於是他幫女孩套上了一個真正的觸發式詛咒——當她被榴槤刺傷時，她身上的假死詛咒就會生效。

夏爾緊張地問：「法師先生，您有辦法救她嗎？」

伯里斯當然可以救她。他知道該怎麼做，可是他現在肯定沒辦法成功。因為那該死的靈魂不同調。而好消息是，骸骨大君可以用神術來解除這個詛咒——就像拯救瀕死的黑松一樣。

法師看向身邊的洛特，後者猜到了他的意思，刻意地舔了一下嘴唇。

「我可以救她，」伯里斯塌著肩嘆了口氣，「不過，公主殿下和夏爾爵士……你們需要回避。」

致施法者 伯里斯閣下及家屬

To Burris the Spellcaster and His Family Dependent

Chapter 09

致施法者伯里斯閣下及家屬

夏爾看出法師要施法，趕緊退了出去。其實他並不完全信任這個「年輕」的法師，但他信任帕西亞陛下，也願意信任陛下的客人。

艾絲緹正要離開，伯里斯輕聲叫住她：「保險起見，妳去查查榴槤有沒有問題。應該還沒人吃它吧？」

「當然。」公主說，「人們懷疑那批榴槤有毒，它們一直被單獨保管著。」

「我估計沒毒，不過妳還是去檢查一下比較好。如果妳父親過問，就讓親王的人去解釋吧，就我們當什麼都不知道。」

公主離開後，房間裡只剩下伯里斯和洛特，還有一個假死的塔琳娜。夏爾爵士沒有走遠，他在走廊裡踱來踱去，像一隻機警的護院小獒犬一樣，伯里斯怕他忍不住闖進來，就用法術將門反鎖。

「好了，開始吧。」伯里斯坐到床邊，閉上眼睛。

洛特坐到他身邊，雙手扶住他的肩：「你能不能不要哭喪著臉？就像我玷汙了你的清白一樣。」

「這是很嚴肅的事情，難道我要嬉皮笑臉的？」

「至少……你能不能別顯得太痛苦？」洛特用指腹點了點法師的眉心，想把緊皺的眉頭舒展開。

伯里斯微微睜開眼：「抱歉，大人。我並不是厭惡被您碰觸。只是，人們經常會有一些矛盾行為，比如花很多錢才找到一位名醫，卻在他看診時嚇得大叫住手。」

洛特問：「還比如，明明心裡特別喜歡一個人，卻千方百計想保持距離？」

「這個……也算是一種吧。」伯里斯說，「總之，人有時候真的很難控制自己的情緒，即使是我也不能免俗。」

「我懂了。」

洛特沒再說什麼，直接抱住伯里斯吻了上去。他讓法師斜倚在自己的臂彎裡，一手攬著法師的背，另一手固定法師的下巴，這樣伯里斯的頭可以依靠在他一側的肩膀上，不至於向後仰得難受。

他慢慢把力量注入法師體內，比上次解救黑松時還要緩慢，過程越快對人類的負擔也越大，他更願意慢一點，無論是為了法術，還是為了私心。

法術傳遞完畢後，伯里斯立刻開始為塔琳娜解咒。塔琳娜身上的詛咒不難解除，施法過程比救黑松短上許多。結束之後，伯里斯照例恍惚了一小會兒，洛特在背後抱著他，慢慢等他恢復。

清醒後，伯里斯嘆了口氣：「如果我能自己施法，解除黑松的詛咒恐怕都用不了一兩秒……」

致施法者伯里斯閣下及家屬

「你還要多久才能恢復原本的施法能力？」洛特問。

「估計還要一段時間。其實已經有進步了，前些天我試過一些……呃……」

「你怎麼了？」

「眩暈。天哪，那些牧師是怎麼施展神術的？讓神術脈絡穿過自己的血肉之軀，他們不覺得難受嗎？」

「這麼一說，我還沒見過牧師施法呢。」洛特問，「他們施法後暈不暈？」

「他們也會暈的……」

伯里斯望向旁邊的軟躺椅，洛特立刻明白他的意思，直接抱著他走了過去。伯里斯靠在躺椅上，邊閉目養神邊說：「絕大多數牧師只是擔任神職，並不能真正施展出神術，只有極少數能被神術脈絡選中。我有幸見過一位艾魯本的牧師施展復興生命之術。他邊祈禱邊行走，所到之處草木由枯轉榮，瀕死的牲畜重獲新生，受到死亡力量折磨的人類傷患也漸漸恢復健康。那牧師是個精靈，他救了一整片森林和數個村落，然後就倒下了。」

「死了？」

「沒有。但他恐怕得經歷一段生不如死的日子。他耗盡了體力，透支了靈魂，變得十分虛弱，他會長期低燒，無法自理，連坐起來的力氣都沒有，甚至不能說出完整的話來。透支靈魂的傷害起碼要過四五十年才能逐漸恢復，這期間必須有人無微不至地照顧他，讓他不至於死於意外。這麼長的時間也只有精靈還能忍受，如果是人類牧師就相當致命了。總之，畢竟神術是來源於遠古諸神，至高之力對凡人之軀而言太過沉重了。」

洛特想了想：「你說精靈牧師救了一片森林，那片森林之前發生了什麼事？它肯定不是自然衰敗的。」

「那片森林被伊里爾統治過。您還記得伊里爾這個名字嗎？」

「記得，你的導師。」

「我還以為您根本沒留意呢，原來您都記得。」伯里斯苦笑了一下，「伊里爾死後留下了很多爛攤子，比如失控的巨大魔像、到處都是飢餓怪物的養殖場，還比如那片森林。它被伊里爾統治了很多年，他將它當成實戰訓練場，用來訓練各種魔像與召喚生物。伊里爾活著的時候會稍微整理一下森林，他死了之後，裡面的東西逐漸失去控制，森林漸漸就變成了一片死亡禁地。草木凋零，瘴氣四溢，到處都是亡靈和變異的生物，而且受詛咒的森林會一直向外擴張，吞噬正常的森林和村落，這就相當頭痛了。」

「然後呢？牧師拯救了森林，你也去了？」

「我也去了。死靈法師留下的危險，也只有死靈法師能控制住。參加這次行動的人特別多，一個連的人類步兵，一個精靈精兵小隊，兩個法師和三個牧師。其中有兩個牧師是掛了神職的戰士，只有那個精靈才能施展真正的神術。」

洛特半天沒說話，似乎是在想像當時的冒險畫面。過了一會兒，他問：「這是什麼時候的事？」

「我三十多歲的時候吧。」

「森林在薩戈境內？」

「不。那片森林夾在北方的兩個國家之間，靠著一個名叫『費西西特』的自由城邦。費西西特盛產三類綠色礦石，所以又名『碧輝之城』，它旁邊的森林則得名『寶石森林』。現在那裡沒事了，很和平、很漂亮，是個充滿精靈風格的人類城市。將來如果有時間，我們可以去旅遊。」

伯里斯閉著眼，聽到洛特帶著笑意嘟囔著：「你可真不像個死靈法師……」

「死靈法師應該是什麼樣子？伊里爾那樣？」

「算是吧。至少不該樂於助人。」

法師自嘲地笑了笑：「其實……但凡伊里爾做過的事，我也沒少做。我指的是實驗和研究這方面。只不過我更謹慎，也更考慮得更長遠。就拿詛咒之森來說吧，那之後我不僅賺到了賞金，還得到了奧法聯合會拋來的橄欖枝，這樣多好，能讓我繼續做喜歡的事。法師的目的是知識和魔法，而不是給自我和外界施加毫無意義的痛苦。」說完，伯里斯睜開眼，洛特背對他站在躺椅和床鋪之間，似乎在觀察公主的狀態。「她還要等一會兒才會醒過來。」伯里斯說，「您看，她的臉色是不是好多了？」

「是啊……」洛特轉回身來，「對了，我想離開一會兒，你覺得有問題嗎？」

「沒什麼問題，這裡很安全。」伯里斯問，「不過您要去哪？」

「和艾絲緹一樣，四處探查一下。」洛特輕笑，「伯里斯，我不是伊里爾，我更認同你的觀點，而且我一點也不喜歡他的生活方式。你不用隨時隱晦地提醒我，也不用擔心我會毀滅或征服什麼。」

「您……怎麼會突然這樣說……」伯里斯有點慌張。

洛特稍稍俯身，盯著伯里斯的雙眼：「我知道你信任我。但是，與此同時你又有點怕我。不是怕我危害你，而是怕我有一天會對外界造成什麼影響。從和你回到人間之後，我一直都能感覺到你的擔憂。沒事的，伯里斯，我只要有吃有喝有錢花就很高興了。我只想在你身邊享受人生，順便協助你追求知識，這就是我的目的，僅此而已。」

伯里斯避開目光，稍稍坐正身體。剛才骸骨大君的語氣更像六十幾年前，那時骸骨大君的話不算多，每句話都挺認真嚴肅，不像現在的洛特整天嘻嘻哈哈。伯里斯反而有些不適應他正經說話的樣子。

良久，伯里斯才彆扭地說：「抱歉，我只是……」

洛特拍了拍他的肩：「不用抱歉。我知道，人類有時候控制不了自己的內心。我出去走走，晚宴前肯定會回來，如果你不在這裡，我會到宴會廳和你匯合。」

魔法鎖關不住骸骨大君，洛特哼著小調，直接開門走了出去。伯里斯聽到走廊裡夏爾爵士問他情況如何，他說施法特別順利，夏爾爵士高聲感謝神明。

伯里斯及時解除了魔法鎖，果然，下一秒夏爾爵士像野豬一樣衝了進來。他笨拙地感謝了一下躺椅上的法師，便坐到床邊觀察妹妹的病情。

看著這位少年騎士，伯里斯不由得想起了一些昔日的冒險經歷。很多年輕的遊俠和戰士都是這樣，眼睛明澈、言語貧乏、思維直線、不會騙人。而騎士們倒是很會騙人，雖然他們宣誓遵守的規章中包括要待人真誠，但他們十分會自欺欺人。他們總是先騙過自己，再去欺騙別人。

這種人說謊時有個特徵：他們會直視欺瞞對象的眼睛。

他們會用熱忱的目光說服你，也會用虛假親密感來說服自己：相信我吧，我對你坦誠相待，而且我完全相信自己正在說的話。

伯里斯認真地回憶著，剛才洛特的眼神是不是也是這樣？

艾絲緹聽從導師的建議，帶了兩個親信侍女來尋找榴槤，廚師們對「公主親自找榴槤」這件事一點都不吃驚，畢竟昨天塔琳娜公主也是親自來找榴槤然後被扎暈的。可是榴槤已經不在廚房了，一小時前，蘭托親王帶了幾個人把現場所有的榴槤都拿走了，連長相相近的大樹波羅[1]都沒有放過。

親王不僅拿走了榴槤，還臨時傳喚了負責運送水果的幾個商人和果農。親王懷疑榴槤被塗抹毒物，所以想悄悄審問送貨人。

艾絲緹隱約覺得不對勁。宴會用的水果幾天前就陸續運入皇宮，依照保存期限長短，送達時間有先有後，即使是最晚的一批也已經在昨天處理完畢，否則會怠慢到今天下午茶時間趕到的客人。果農和商人不在賓客之列，他們只能進入衛城外牆，連皇宮都不能進入，所以交付貨物、拿到尾款後他們通常會立刻返鄉。王后的生日又不是大節日，王都也不會有任何狂歡慶典，與其留下來還不如抓緊時間多做點生意。

如果蘭托親王這麼快就找到送榴槤的商人，那就說明這伙人沒有返鄉，過了一天一夜還沒離開王都。

這些都是一名士兵告訴艾絲緹的。正好，艾絲緹讓他帶路，找到了暫時充當審訊室的地方——皇宮衛城中葡萄架後的一片僕人房舍。此時僕人們都在各自的崗位上，房舍內空無一人。艾絲緹有些疑惑，叔叔何必在這麼僻靜的地方審訊嫌疑人？

1 大樹波羅：港澳地區對「波羅蜜」的稱呼。因為「大樹波羅」比「波羅蜜」更適合西幻題材，文中就用了大樹波羅。

她躲在葡萄架的陰影裡，遠遠看到房舍外站著七個人。兩名全副武裝的士兵，五個平民打扮的男人，而蘭托親王和他的參謀正在室內與一名商人單獨談話。

「殿下，您回去吧。」跟著艾絲緹的士兵小聲說，「這件事不該由您費心，而且，萬一那幾個人裡真有下毒的壞人怎麼辦？」

艾絲緹說：「我的堂妹塔琳娜才十三歲，我要親眼看看，是什麼人如此邪惡，竟敢下毒戕害她。」

塔琳娜的昏迷和毒藥完全無關，這一點艾絲緹比誰都清楚。但眼前的情況有種說不出的怪異，她總覺得還有其他變數。

艾絲緹不方便施法，只能拿出單片水晶眼鏡。這是伯里斯送給她的，只要透過鏡片觀察，就可以辨識出所有魔法物品、幽影陰魂、隱形生物等。

一看之下，艾絲緹嚇了一跳。鬼魂和隱形生物當然是沒有的，但房舍前那幾個「商人與果農」身上卻有不少附魔武器！戴著小圓帽的人腰間有一把偽裝成腰帶的軟劍，高個子壯漢的左右袖子裡藏著與小臂等長的袖箭，穿長靴的人在靴子裡藏了兩把匕首，金髮車夫身上藏了好幾個投炸瓶，裡面隱隱散發著魔法燃火的靈光。只有一個胖胖的小個子身上沒有任何魔法痕跡，但艾絲緹相信他肯定也偷藏了武器，只是沒經過附魔而已。

普通人身上帶著匕首還能說是為了防身，但藏有這麼多附魔武器，必然是刺客無疑。

艾絲緹輕聲呼喚其中一位侍女，想叫她去悄悄報信，侍女還沒應答，那名士兵卻主動湊了上來：「噓，殿下。」

屋內遠遠傳來蘭托親王的怒斥聲，他的參謀高聲傳喚另一名商人，似乎要叫他進去對質。就在門口的兩個士兵閃身讓路時，金髮車夫出手了。他同時投出兩枚扁瓶，正中左右士兵的胸甲，瓶子碎開後其中的液體瞬間爆炸，球形火焰吞沒了士兵，但爆炸的衝擊卻安靜無聲。與此同時，室內傳來兵刃交鋒的聲音，外面的幾個「商人與果農」也紛紛抽出了暗藏的武器。

艾絲緹站了起來，她剛要抬手施法，身後的士兵卻突然將她按倒在地。她沒有掙扎，因為一把冰冷的匕首正緊貼在她的頸上。

被按倒的瞬間，她還以為士兵是想「阻止公主莽撞的行為」，但現在看來並非如此。這名一路跟來的士兵也是刺客的同伴。侍女很久沒出聲了，艾絲緹的心不禁懸了起來，不知那兩個女孩是否還活著。

艾絲緹不想和這個「士兵」浪費口舌。她維持著驚恐的表情，一隻手抓住了士兵的手腕。士兵沒有發現艾絲緹指尖的灰色輕煙，等他察覺到不適時，已經連匕首都握不住了。

一股冰冷的力量侵入他的體內，凍結了他的力量與意志，並帶給他無形的巨大痛苦。

致施法者伯里斯閣下及家屬

他的匕首落了下來，稍稍擦破艾絲緹的頸側，艾絲緹敏捷地翻身躲開，避免被失神的假士兵壓在身下。

她走向房舍，口中念起咒語，右手凝聚起一股暗藍色的電流。剛走幾步，她卻突然停了下來。

幾個身穿黑衣的強壯男子從樹叢和葡萄架後跳了出來，朝房舍一擁而上，他們雖然手無寸鐵，卻憑藉著優秀的戰鬥技巧順利制伏了那些刺客。

艾絲緹這才看清，這幾個人胸前佩戴著明月與尖刺白蘭組成的聖徽，他們是奧塔羅特神殿的騎士。在皇室慶典上不宜甲冑加身，所以他們穿了典禮用的黑色祭袍。

騎士中的指揮官正是奈勒爵士。騎士們忙著確認親王的安全，搶救受傷的士兵，奈勒爵士則回頭望向艾絲緹。

他看到了她頸間的傷口，卻久久沒有走上前詢問。

洛特離開皇宮，雇了一匹馬車，因為說不出目的地的名字，他只告訴車夫左轉右轉。不出一刻，他們停在了一家叫「幸運鳥」的酒館前。洛特給了車夫額外的趕路費和等候費，叫他守在原地，等會兒再接他返回皇宮。

他感覺到了熟悉的氣息，奧吉麗婭就在幸運鳥酒館裡。他與這些生物之間有著非凡的聯繫，只要相距不太遠，他就能直接感應到他們的位置。

洛特走上酒館二樓。一個侍女剛剛將水果和奶茶送進樓梯邊的房間，正拎著空托盤走出來。侍女離開後，洛特站到房門邊，屋內一對男女正嘻嘻哈哈地聊著天，還以奶茶代酒乾杯。

他們從傳說中的血腥古堡聊到特殊礦物研磨的香粉，男人還準備親手幫女人塗什麼「暗紫紅調金屬光澤死亡氣息」的唇色。

過了一小會兒，屋內女孩的聲音漸漸弱了下來，男人問她怎麼了，她說要離開一下，讓他在屋內等她。

奧吉麗婭側身開門，又飛快地關上，不讓屋裡的人看到外面。洛特對她指指走廊盡頭，她順從地低著頭跟了上去。

「不錯啊，奧吉麗婭。」骸骨大君嘖嘖感嘆著，「看來妳也在及時行樂、享受人生？行動力相當驚人啊。」

女孩仍穿著令人不安的黑袍，陰沉蒼白的面孔倒是有了些微改變。原本極淡的眉毛變成了彎彎的黑線，上眼皮泛著甲蟲殼般的紫綠偏光，淺色嘴唇變成兩瓣黑紅色血印。

奧吉麗婭盯著腳尖，不敢抬頭：「主人……我一直在尋找線索……只是……這些都需要時間……」

致施法者伯里斯閣下及家屬

大君拍拍她的肩：「我沒有責怪妳，妳已經是一個完整獨立的生命體了，妳當然可以有自己的生活，我在誇妳有生活情趣。剛才妳在和人聊古堡？」

「是的。」奧吉麗婭說，「我在留意那些有異象的古堡和遺跡，這種地方往往有魔法擾流存在，而魔法擾流經常預示著位面薄點……」

「嗯，思路不錯。妳把頭抬起來，別像被捉姦似的。我不反對妳化妝，也不反對妳交男朋友，更不是來訓斥妳的。是這樣，我最近得到了一點有趣的線索，需要妳幫我繼續調查。」

奧吉麗婭終於抬起頭，等著主人說下去。

「有兩個地方很可疑。第一個是在蘭托親王的領屬地內，有個地方叫落月山脈，多年前人類和其他種族在那邊打過仗。戰爭結束後，有個人類術士不知為什麼精神失常了，那術士叫『紅禿鷲』。第二個地方是寶石森林，靠著名叫費西西特的自由城邦，這個地方曾經被死靈法師伊里爾統治過，那時人們稱其為『詛咒之森』，而現在它只是一片普通的森林。」

「我記住了。您懷疑這兩個地方有位面薄點？」

「只是有可能，我不確定。妳可以多方打聽消息，不要過於深入調查。必要時我會親自過去。我想想……妳先探查寶石森林吧，那個地方的神術脈絡似乎很清晰，神術脈絡越清晰的地方，位面薄點就越可能存在。」

「好的，我記住了。」女孩頷首致意，「主人，不瞞您說，我也聽說過詛咒之森不少傳言。」

骸骨大君摸著下巴點點頭：「嗯，那就這樣吧。對了，是誰跟妳聊詛咒之森的事？」

「就是……一些法師。」

「一個精靈法師？」

「嗯……」

「男性精靈死靈法師？」

「是……」

「臉很白，指甲很黑，長得還不錯的男性精靈死靈法師？」

奧吉麗婭抿緊嘴唇點點頭。骸骨大君失望地長嘆：「奧吉麗婭，妳真令我失望。我叫妳不要傷害伯里斯和他身邊的人，不要讓他們得知妳的存在，結果妳竟然和他的學徒住在一起了？」

「對不起，主人……這都是意外……只是機緣巧合……」奧吉麗婭委屈地盯著地面，她確實沒有傷害那個精靈，「主人您別擔心，他根本不記得我。他不知道我的身分，以為我是個流浪的女法師……」

骸骨大君繼續數落她：「別的先不說，首先，妳的品位是怎麼回事？妳還是不是我的造物了？妳怎麼會對那種……」

突然，他想起了伯里斯勸公主和騎士分手時的模樣，覺得這樣不太好，就沒把話說完。「算了，只要妳保持頭腦清醒就好。」他對少女擺擺手，「妳先到樓下等著，我去找黑松聊聊。」

奧吉麗婭的臉色更蒼白了：「主人！他真的不知道我的身分！」

骸骨大君都要氣笑了：「當初是妳把他打個半死，我把他救活的。放心，我不會動他一根手指，我只是要和他聊點別的事情。」

致施法者 伯里斯閣下及家屬

To Burris the Spellcaster and His Family Dependent

Chapter 10

致施法者伯里斯閣下及家屬

酒館大廳人聲鼎沸，二樓樓梯邊的房間裡卻瀰漫著不祥的氣息。

死靈法師黑松癱坐在地上，冷汗在他額頭上慢慢凝結，從慘白的粉底上滑過一道道水痕。

「對不起，我……我不知道您是……一頭遠古亡靈惡魔龍！」精靈已經道歉三次了，連古精靈口音都忘記假裝，「我以為您只是個平凡的術士，也是去找導師要錢的……」

骸骨大君消去人類外形，露出了黑色鱗片皮膚和惡魔彎角，此時他的面部不是人類骷髏狀，而是呈現縮小版龍頭骨的外形。和之前的翅膀一樣，這是他自身力量的一部分，它們和龍一點關係都沒有，被塑造成類龍風格完全是出於大君的愛好。

偽裝成「遠古亡靈惡魔龍」的骸骨大君冷笑一聲：「你們這些精靈真是恬不知恥，都一把年紀了，還好意思向只有八十多歲的人類伸手要錢。好吧，也許你的導師願意養你，我管不著，但你的種種行為已經打攪到我的……我的柯雷夫，這我就難以容忍了！」

柯雷夫是伯里斯的假名。黑松沒有刻意記住這個名字，但還是一下就想到了塔裡的年輕人類法師。

「對不起！」黑松第四次道歉，「我錯了！我不該把他的身分透露給外人！不過……他與公主的傳聞真的不是我說的！我根本沒往那個方向想！」

「你的導師不在塔中時，柯雷夫就是塔的代理主人，如果你再為柯雷夫徒增煩惱……

呵，那時候，就算是伯里斯來為你求情也沒用！」

「我懂我懂，我會對朋友說明真相，爭取恢復柯雷夫先生的……名譽。您看這樣行嗎？」精靈說著說著都快哭了，「或者您告訴我該怎麼做，我一定會做到！請您……請您放了奧吉麗婭吧，她是無辜的，她什麼都不知道，她和我才認識不久……」

骸骨大君聽得特別滿足。他躬下身，用散發著邪惡氣息的龍頭靠近精靈，以低沉而充滿威脅的聲音說：「精靈，看來你還不明白事情的嚴重性。如果你只透露了柯雷夫的身世，那充其量也就是替伯里斯增添一些煩惱而已，可如果你透露了我的存在，你會為那座塔帶來毀滅。」

黑松當然不希望這種事發生，他還想繼續要錢呢。「我明白！完全明白！」他不停點頭，「我當然不知道您的身分！只知道您是一位偉大而睿智的術士……」

骸骨大君冷哼一聲，轉身拉開木門。背對黑松的時候，他的面孔又變回了人類模樣。「很好，記住你的承諾。我還要去保護我的柯雷夫，就不再和你浪費口舌了。你的女朋友在酒館的後街上，去吧。」

摔上門之後，洛特匆匆跑下樓，拉起坐在大廳裡的奧吉麗婭，從通往後廚的小門來到酒館後街。奧吉麗婭茫然地看著他，他指向牆邊的柴火堆：「躺在那裡。」

奧吉麗婭飛速意會到主人的意思，縮在柴火堆旁邊立刻進入神情恍惚、可憐兮兮的狀態。骸骨大君滿意地點點頭，轉身消失在街角。

塔琳娜逐漸轉醒，伯里斯的體力也恢復得差不多了。他下樓準備和法師海達返回賓客區。剛走進花園，夏爾竟然追了出來。海達識趣地走到遠處，留下親王之子和伯里斯談話。

高大的少年騎士向法師低頭：「閣下，我是來道歉的。」

「你並沒有做什麼錯事，為什麼要道歉？」

「我必須誠實。不僅是對他人誠實，更重要的是對自己誠實。我要向您懺悔，之前我聽信了謠言，一心以為您是艾絲特琳殿下的……情人。我認為死靈法師不可能具有高尚的品格，不可能願意無償地幫助他人，並認為艾絲特琳殿下完全是出於私情才讓您來處理此事。閣下，我錯了，您是一位優秀而正直的法師，您救了我妹妹的性命。」

伯里斯笑著擺擺手。他當然不是「無償」幫助他們，只不過是沒有當面伸手要錢而已。不管夏爾之前在想什麼，只要他不說，別人就永遠不可能知道，而夏爾竟然特地跑來道歉，真是好久沒見到這麼淳樸的孩子了。伯里斯有點想伸手摸摸這個年輕人的頭，但夏爾太高了，他知道自己摸不到，就沒有多此一舉。

「我的聲譽無關緊要，但流言對公主殿下的傷害太大了。」伯里斯說，「我與她只是因為導師伯里斯才見過幾面，除此之外，我們並無私交。我聽說艾絲特琳殿下年少時曾經身染重病，是我的導師救了她，她到現在還記得這份恩情，所以才經常去探望年事已高的導師。雖然我不知道她平時性格如何，但單憑這一點，我想她必定是一位非常善良的公主。」

夏爾頻頻點頭：「是的是的！您說得對！這樣一位品行高尚的公主不該被惡毒的謠言傷害！雖然我不能管束所有人，但將來如果有人談起謠言，我肯定會用事實駁斥他！」

伯里斯微笑頷首，剛要離開，少年騎士又叫住了他：「那個……閣下，我能不能以私人立場問您一件事？」

「請講。」

「這可能會冒犯您，請相信，我只是想尋求答案，而不是想諷刺挖苦您。」

「請問吧，我不會誤解的。」

夏爾花了幾秒組織語言，臉上有點發紅：「是這樣的。我小時候有個歷史老師，他曾經是奧塔羅特神殿的神職人員。他一直教育我要遠離施法者，特別是死靈法師。後來，我父親在落月山脈戰役時與施法者合作，其中就有個精靈死靈法師；我哥哥是文職官員，他曾經去希爾達教院進修過兩年，那是個到處都是法師的地方……」

伯里斯默默點頭。他當然知道希爾達教院，教院位於大陸東海岸，以開創者命名，是十國邦聯內僅有的兩所奧術學院之一。伯里斯不僅是那所學院的掛名客座教授，還是幾大校董之一。

少年說著：「我哥哥不是法師，只是學了一點魔法的基本原理。但這段進修的經歷好像改變了他。有一次，我和他一起去探望那位歷史老師，沒想到他們聊著聊著竟然吵了起來。老師畢竟是長輩，所以我哥哥並沒有堅持己見……總之，我哥哥認為法師和士兵沒什麼不同，他忍不住為死靈法師辯護，而我們的歷史老師無法容忍這一點。」

你哥哥叫諾拉德，比你大十歲，人緣特別好。伯里斯記得那個貴族孩子，他沒有教過他，但聽說過那孩子在教院裡的種種作為——諾拉德根本不是來學法術，他簡直是專門來影響別人學習的。他在教院進修的兩年內招蜂引蝶、勾三搭四，引起數次愚蠢的鬥爭，導致三女兩男共五位學徒因互相妒嫉而大打出手。這五個人裡好像有兩個或三個是專攻死靈系法術的學生。諾拉德會為死靈法師辯護，多半只是為了維護一下他的前任女友和男友。

「我只是想問您，」夏爾接著說，「您究竟為什麼要當法師呢？尤其……您還是個死靈法師。您看起來和我年紀差不多，您怎麼會走上這條路？」

伯里斯想了想，問：「你應該聽你哥哥提起過關於死靈術的事吧？就算你哥哥為它辯護，他肯定也承認死靈術中有很多東西挺噁心的，是不是？」

「是的……」

「比如墓地的蕁麻、被焚燒過的蝙蝠、混入藥劑的人血、未能活著出生的胎兒，甚至是屍油和幾百年前的骨頭……」在伯里斯說著的時候，夏爾已經滿臉不適了，「先不說這些，我們可以看看死靈法術究竟能做些什麼。有些法術能快速殺敵，有些法術能造出無生命且無所畏懼的戰士，還有一些就更巧妙了。夏爾爵士，你們的軍隊中有沒有人因為實戰或訓練而受傷？」

「當然有。」

「比如從馬上摔下來，摔斷了門牙？」

「真的有這種情況！上個月我的小隊裡就有人撞碎了牙齒，雖然不是因為騎馬。」

伯里斯笑道：「你應該知道，成年人的牙齒一旦缺損就再也無法恢復。而現在有一種死靈系法術，它能夠催生新的骨骼並進行塑形，一位訓練有素的死靈法師能夠讓人重新長出牙齒，再用法術塑形成適合口腔結構的樣子。這枚新牙是真正的牙齒，不是金屬假牙或者幻術，而且施法過程不會給受術者帶來任何痛苦和危險，是不是很方便？」

「確實……」夏爾回憶著那位隊友的嘴巴，十七歲就缺了門牙真是太令人心痛了。

伯里斯又說：「不過，這法術並不是只能幫人長牙。如果用不同的方式施展，它也可以用在戰鬥中、用在暗殺中。死靈法師可以在幾分鐘內讓敵人的骨骼膨脹或縮塌，或者讓它們刺破動脈、穿透皮肉……」

年輕的騎士渾身都僵住了。他不禁後退一步，眼前這個比自己大不了多少的法師一直氣質溫和，現在卻變得十分恐怖。

「別擔心，現在沒人會這樣施法。」伯里斯說，「其實殺戮才是此法術的基礎版本。而用它幫鹿長角、替人長牙、讓兩腿長短不一的人重新發育……這都是近百年內死靈法師們研究出來的新用法。奧法聯合會禁止了用它殺戮，禁運了殺戮版本所必需的某件材料，正規的死靈學派導師也不會向學生傳授。夏爾爵士，如果有機會讓你的朋友重新長出門牙，你願意嗎？」

「這個……當然願意了。」少年吞吞吐吐地說。

「如果未來有敵人入侵薩戈，而你力量強大，可以馳騁殺敵、橫掃戰場，保證己方全身而退，還能讓敵軍不敢再犯，你願意用這力量迎戰嗎？」

「我願意。」

「那麼，如果落月山脈維持和平，獸人和蠻族也不再翻越落月山脈，這時有人命令你闖進獸人村落殺光所有男女老少，連剛出生的嬰孩都不放過，你會去做嗎？」

「不會！」夏爾大聲說，「軍人保家衛國，但絕不濫殺無辜。我也知道，確實有些部隊會在戰爭中做出一些墮落的、有違榮譽的事情，但我肯定不會這麼做！無論是領地騎士還是神殿騎士，我們都不會！」

伯里斯讚賞地看著他：「你問我為什麼要做死靈法師，還疑惑你哥哥為什麼為死靈法師辯護，你不是已經知道答案了嗎？」

夏爾思索了片刻，再次頷首：「我懂了。閣下，我要再次向您致歉。您說得有道理。雖然您很年輕，馬奈羅老師很年長，但我還是覺得您的看法更……」

突然聽到某個名字，伯里斯一驚：「馬奈羅？」

「哦，就是剛才我提過的歷史老師。」夏爾說，「他年輕時是神殿騎士，年老退役後當了教師。馬奈羅老師非常敵視施法者，特別是死靈法師，有時連我父親也覺得他太頑固，而他認為我父親的領地騎士們都缺乏信仰。」

「馬奈羅……」伯里斯輕輕重複著這個名字，「神殿騎士馬奈羅？他是俄爾德人吧？他服役的地方是大陸北方的奧塔羅特神殿教區，一個被稱為北星之城的地方……」

「您也認識馬奈羅老師？」夏爾有些吃驚。

伯里斯嘆口氣：「不，我當然不認識他，是我的導師提起過他。他現在應該……有八十幾歲了？」

夏爾搖搖頭：「馬奈羅老師在三年前過世了。雖然他的部分思想比較極端，但總體來說，他是個淵博且負責的老師。」

致施法者伯里斯閣下及家屬

伯里斯有些恍惚。他怕這個少年看出什麼，就催促他趕緊回去照顧妹妹。少年剛才聊得太專心，一經提醒才想起妹妹，他立刻鞠躬向伯里斯告別，沿花園小徑一路小跑回到宮殿。

按照流程，宴會應該已經開始了，但現在宴會廳大門緊閉，據說餐臺也還未準備好。顯然皇宮內出了一些小插曲，延誤了安排好的流程。賓客們在休息區和花園長廊裡到處閒逛，互相傳播著各種版本的小道消息。

回去的路上，伯里斯一直有點出神。法師海達沉默地在前面為他帶路，沒有多問他關於塔琳娜或夏爾爵士的事。盡完帶路的職責後，海達多看了伯里斯幾眼，終於忍不住說：「閣下，原諒我。您和夏爾爵士的談話……我聽到了一小部分。」

「這有什麼好道歉的，我們又沒談什麼機密的事。」伯里斯搖搖頭。

海達微笑著：「您不愧是伯里斯閣下的學徒。您說的那些話……很像他老人家。」

「他確實是這麼教我的。」伯里斯尷尬地回答。

海達離開後，伯里斯一直坐在長廊石凳裡發呆，直到有人從後面戳了戳他的背。他回過頭，洛特蹲在香水月季叢裡，一臉期待地看著他。

兩個人僵持了一會兒，伯里斯忍不住問：「您在等什麼？」

「我還以為能嚇你一跳……」洛特有點失望。

「哦。」伯里斯慢慢轉回身，「好嚇人啊。」

洛特鑽出花叢，跨坐在長廊石凳上：「你也太敷衍了，沒嚇到就說沒嚇到。對了，你有沒有聽說，你的學徒抓到了一群想刺殺親王的刺客！」

「艾絲緹抓的？」

「當然不止她一個人。我剛剛回到皇宮，聽崗哨裡的衛兵聊天說了整件事。親王找了個安靜的地方，要親自審問送榴槤的果農和商人，原本這些人根本不該進皇宮，親王的衛隊卻專門把他們帶了進來……」

「然後，商人是刺客假扮的？」

「對！」洛特一臉興奮，「你真聰明，不愧是法師。真正的果農和商隊送完物資就離開王都了，但有一批刺客想混進皇宮，這時，塔琳娜被榴槤扎暈的消息傳得全城皆知，這群刺客立刻想到親王必定不會放過運送榴槤的人，他們借機扮成商人，等著被親王審問。公主去查看榴槤，結果遇到了那群即將被審訊的『果農』。」

伯里斯想了想：「艾絲緹是挺厲害的，但她不可能獨自對付這麼多人，而且她還得隨時留意不要被人發現法師的身分。」

「當然不是她親手抓住刺客。」洛特瞥了一眼花園遠處的角落，「看見那些穿著黑

致施法者伯里斯閣下及家屬

祭祀的人了嗎？」

「奧塔羅特神殿騎士？」

「對，他們都是奈勒爵士的人。事情是這樣的，那群刺客有個內應扮成了士兵，在他擅自離崗後，他的隊長便到處找他。這個異常事件引起了奈勒爵士的注意，他向隊長詢問情況，並打聽到親王要審訊果農的事。可能他比較有戰鬥經驗吧，覺得事情很可疑，就帶著神殿騎士到處搜索，然後在公主的協助下捉住了刺客。親王的侍衛和文書人員受了傷，親王本人沒事。」

「他們為什麼要殺親王？」伯里斯問，「而且他們為什麼不在北方動手，要專門到王都動手？親王一家在路上和郊區行宮時護衛更差，應該是刺殺的好機會，他們何必跟著親王一起進宮？」

洛特聳聳肩：「這我就不知道了。他們現在肯定在審問刺客，估計刺客還沒招供。我好想去看啊！伯里斯，你和公主那麼熟，能不能讓我去旁觀一下審訊過程？我好想看！」

「公主又不負責審問。」伯里斯難以置信地看著他，「再說了，您看審訊幹什麼？那又不是馬戲團表演，沒有什麼觀賞價值。」

「我一直對人類的刑訊文化非常感興趣。」

「暴力不能被稱為『文化』。而且毆打是很沒效率的，據我所知，現在薩戈的情報機構能不打人就不打人，他們會先懷著合作的誠意和犯人聊一聊，如果實在聊不出情報，就用吐真劑。」

「吐真劑？」

「對。並不是那種讓人變得傻乎乎的迷幻藥，它是一種魔法藥劑，能讓人精準地回答問題。」

洛特挑挑眉：「我猜猜，一定又是你工廠的產品。」

伯里斯點點頭：「是的。而且專供薩戈，不外銷。」

洛特感嘆著：「真神奇，雖然沒有嚴刑逼供，但我更想看了……」

「真的沒什麼可看的！」

正說著，宴會廳的大門打開了。動人的弦樂飄了出來，列隊的侍者開始邀請賓客進入。皇室成員們稍晚才出現，他們之中面帶自然微笑的只有小塔琳娜一人，其他皇室成員都像艾絲緹一樣繃著臉。只有與人交談時，帕西亞夫婦才會勉強擠出笑容，而蘭托親王則一直死氣沉沉地坐在一邊，連食物都沒吃多少。

王后進行了一小段演講，然後貴族們輪流獻上祝福和禮物。輪到伯里斯時，他以「學徒柯雷夫」的身分向王后獻上了「法師伯里斯．格爾肖」的禮物——一條附有防禦魔法

致施法者伯里斯閣下及家屬

的太陽石項鍊。它可以讓佩戴者不受瘴氣與毒物的侵害，不被極寒與熾熱所傷，還可以平衡身體磁場，保養皮膚延緩衰老，消除疲勞幫助睡眠。

帕西亞夫婦從伯里斯那裡收到過很多禮物，每一件都非常討他們歡心。王后戴上了項鍊，還允許「學徒柯雷夫」親吻了她的手背。

伯里斯回到座位上後，洛特貼過來小聲問：「你那項鍊的前幾個魔法效果我懂，最後那些是怎麼回事？平衡身體磁場？保養皮膚延緩衰老？消除疲勞幫助睡眠？」

「當然是假的。」伯里斯笑了笑。

「難道她感覺不出來是假的嗎？」

「我也經歷過她的歲數，知道這年齡的普通人都在追求什麼。」

「你呢？」洛特問，「當年你就不追求養生美容什麼的嗎？」

「不追求。」

「難怪你後來一臉老人斑，而且完全沒有頭髮。」洛特拍了拍法師的肩，還憐惜地捏起了一縷亞麻色髮絲。

伯里斯正和洛特廢話時，帕西亞國王和蘭托親王正遠遠地看著他，低聲議論著什麼。

剛才「學徒柯雷夫」獻上禮物時，帕西亞國王看到他手上的紅玉髓戒指。

國王與老法師有多年交情，他知道伯里斯不會輕易把戒指借給別人。

致施法者
To Burris the Spellcaster and His Family Dependent
伯里斯閣下及家屬

Chapter 11

致施法者伯里斯閣下及家屬

六十幾年前的寒冬。

從平原進入霧淞林後，伯里斯一直在留意四周，生怕有怪物突然竄出來。他的擔心並不多餘，伊里爾導師死後，很多實驗品都掙脫了控制，騎士們已經把塔內的異怪清理乾淨，但平原和森林裡還有好幾個實驗地點，這些地方的怪物很可能蟄伏在迷濛的風雪中。

他把這份擔憂告訴了走在囚車邊的騎士。那是個面帶稚氣的少年，他胸口的徽章與其他騎士不同，他大概只是個見習神職者。

少年跑到隊伍前面，對帶隊的騎士轉述了伯里斯的話。回來之後，少年的面色比伯里斯還緊張：「坎特大人說我們可能一直在被什麼東西跟蹤著……不過沒關係，我們都做好了準備，對方也只是在試探，應該不敢輕易靠近我們。穿過樹林後就好了，那裡視野會開闊許多。」

幾小時前，伯里斯覺得在騎士列隊的末尾有個人跟著他們，現在那人的身影卻不見了。他不知道少年騎士說的跟蹤者是不是那個人，如果不是，那麼跟著他們的又是誰？或者，是什麼東西？

「先生，我可以施法嗎？」伯里斯問。

少年驚恐地看著他：「當然不可以！」

「如果你們允許，我可以施法偵測出周圍是否有危險，這樣你們可以提前做準備。」

「不行，這絕對不行。」和伯里斯說話的時候，少年騎士望著前面的支隊統領，「你別想著施法了。你開始念咒的一瞬間，我們就不得不把長矛伸進囚車。好了，別那樣看著我，如果你不想被折斷手指，就別想施法的事了。」

伯里斯沮喪地低下頭，少年騎士壓低聲音說：「這是為你好，只要你表現得順從一些，路上別用任何法術，將來我們所有人都可以向神殿提供有利於你的證言……對了，你好像叫伯里斯．格爾肖？」

伯里斯無精打采地點點頭。少年又說：「我叫馬奈羅，是俄爾德人。你肯定看出來了，我比一般的西北人矮很多。」

「你還會長高的。」伯里斯說，「俄爾德人也有超過六英尺的，我見過。」在高塔的地牢裡見過。最後這句他沒說出口。

「但願我還會長高吧。」少年騎士笑了笑，似乎很高興能讓囚車裡的法師放鬆些，「我看你也不是當地人，你家在哪裡？」

伯里斯搖搖頭。他不知道自己的故鄉在哪裡，從記事起他就跟著幾個成年人為伊里爾服務，直到伊里爾發現他的天分，讓他從僕人變成了學徒。

他的「家」只有雪原上的高塔，不知此時它是否仍在熊熊燃燒。

致施法者伯里斯閣下及家屬

晚餐後有一段休息時間，舞會將在月亮升高後開始。伯里斯坐在紫藤下，遠遠看著噴泉邊的一群宮廷女子。

艾絲緹正周旋在貴族之間，臉上帶著極為克制的微笑。她用控制屍體的法術來控制自己的臉，只為了在跳舞時能對舞伴露出微笑，這不僅關乎舞伴的心情，更關乎其他貴族如何看待她與這名男士的關係。這就是公主，這就是王國的第一繼承人。女法師可以想笑就笑，不想笑就冷著臉，但公主不行。

想著這些，伯里斯不禁連連嘆氣。這些年他不僅指導艾絲緹的法術，也在不斷想辦法幫她解決這個後遺症，艾絲緹的施法能力不斷進步，中毒的後遺症卻一直無法解除。

大廳中奏響了樂曲，舞會即將開始。艾絲緹走近奈勒爵士，臉上的笑容變得更加自然甜美，她習慣性地伸出手想挽住奈勒的手臂，奈勒輕顫了一下，竟然躲開了。她沒有追上去，只是尷尬地移動腳步，假裝要和奈勒身後的另一個人說話。

伯里斯在盯著她。她動了動手指，讓一片葉子輕輕飄向伯里斯，帶去了只有他們師徒間能聽見的隔空傳話：「導師，我該怎麼辦？奈勒爵士看到了，他看到我施法了。」

伯里斯一時不知該怎麼回答。她到底是在徵詢哪方面的建議？法術層面上的？還是人際關係上的？或者是戀愛問題上的？思前想後，他回覆說：「妳別怕，他不敢把妳怎麼樣。他要是傷了妳的心，就說明他根本不值得喜歡。如果他能放棄求婚，妳正好因禍得福，和奧塔羅特信徒在一起不會幸福的，早分手早解脫。」

收到傳訊後，艾絲緹皺眉看了伯里斯一眼，轉身匆匆走進大廳。伯里斯苦著臉搖頭，感嘆年輕人不懂諍言逆耳。

舞會上，伯里斯坐在休息區的最後排，一直在和法師海達聊圖書館和真理塔。他倆其實不太熟，之所以能聊得來只因為他們都是法師，而且都不會跳舞。對他們來說，聊工作是目前最好的選擇。

洛特也同樣不會跳舞。他會跳鄉村人民在立春時集體跳的踢腳舞，但顯然宮廷裡並不會出現那種東西。伯里斯不會跳就不參加，而洛特比較主動，他會想方設法找人學習。

第一曲時，他邀請了一個看起來地位不高的宮廷婦人。她不清楚眼前這個暴發戶是什麼來歷，就勉勉強強地和他跳了一曲。洛特不懂舞步，她只好一邊跳一邊教，畢竟一曲未畢就離開舞伴是十分失禮的行為。

第二曲時，洛特已經學會了基本舞步。由於每首曲子節拍不同，他還是得繼續學習。這次他邀請了一位高䠷的女士，她是王都騎士團的參謀官。女騎士和洛特一樣不擅長跳舞，好在她在參加舞會前進行過特訓，雖然步伐過重、身姿僵硬，但舞步節奏十分熟練嚴謹。洛特和她跳舞時學到了不少，而且運用得比她還要靈活。

致施法者伯里斯閣下及家屬

時間隨著優美的樂聲慢慢流逝，不知不覺已到深夜。海達頻頻打著哈欠，一手撐著頭打盹，伯里斯遠遠看著舞池中的公主，不禁一陣心酸。

艾絲緹一直沒有和奈勒跳舞。奈勒經常在人群中望向她，卻從沒走過來邀請她。

這時，一道黑影擋住了些許光線。伯里斯抬起頭，是洛特回來了，還朝他彎下腰伸出一隻手。

「要多少？」伯里斯習慣性地去拿錢包。

「誰要錢了？」洛特一副等不及的樣子，直接把伯里斯從座位上拉了起來，「走，去跳舞！」

伯里斯推拒著：「我根本不會跳！」

「我會呀，我帶著你，你也不用認真跳，跟著我的動作隨便走走就好。」

「您喜歡跳舞就好，您應該繼續邀請宮廷貴婦，哪有正常人會邀請法師的？再說了，男人邀請男人也太不像話了！」

伯里斯扭不過洛特的力氣，被半扶半抱著拉入人群。洛特調整兩人的姿勢，貼在他耳邊說：「你說得對，正常人是不會邀請男法師，但我不是正常人啊，我甚至連人都不是。」

「您這樣真是……」周圍眾人投來驚訝的目光，讓伯里斯感到一陣虛弱，「這麼下去，真不知將來還會有什麼流言傳出去……」

洛特滿不在乎：「還能是什麼流言？無非是『伯里斯的私生子喜歡男人，和一個不知從哪來的英俊術士關係曖昧』之類的。」

伯里斯避過了「喜歡男人」的部分，決定只討論另一個重點：「看來您對扮演術士十分得心應手。」

「對啊。」洛特摟著他轉了個圈，讓伯里斯的腳尖差點離地，「你看，你現在和我在一起，這樣就沒人會懷疑你和公主的關係了。」

「好吧……」伯里斯嘆口氣，「我應該感謝您，謝謝您肯為那孩子考慮。」

洛特隨著音樂揚起手，示意伯里斯原地轉一圈，可伯里斯愣在原地，一點反應都沒有。洛特無奈地又抱住他，帶著他跟上節奏。

「也不用感謝我。」洛特得意洋洋地說，「我一點都不覺得受了委屈，現在我們吸引了好多目光，就像舞會之星一樣，我好愉悅啊！」

我並不愉悅！伯里斯一直微低著頭，目光停留在洛特胸前那閃亮的寶石別針上，舞池裡其他人的目光令他如芒在背。

看伯里斯悶悶不樂的樣子，洛特問他是否有什麼煩惱，法師嘆了口氣說：「之前和人聊到了一些事，有點影響心情。」

致施法者伯里斯閣下及家屬

「什麼事，說說看？」洛特一臉想聽風流逸聞的表情。

他恐怕要失望了，這話題一點也不新鮮有趣。伯里斯說：「我不知您是否還記得，六十幾年前，在押送我的騎士中有個年輕人，他和我當時的歲數差不多，經常走在囚車邊和我說話。」

「說真的，我不太記得。他們穿著統一的盔甲和斗篷，我認不出來誰是誰。」

「他叫馬奈羅。」伯里斯說，「我以為他死在冰湖裡了，但他沒有。今天我和親王的兒子聊了一會兒，那孩子的歷史教師就是馬奈羅。」

洛特的舞步慢了下來，有些擔心地問：「怎麼，這個馬奈羅想找你麻煩？」

伯里斯搖搖頭：「不，他已經病逝了。透過親王之子的描述，我猜馬奈羅一直都在憎恨著我，甚至憎恨著所有死靈法師。他這一生中不知影響過多少人，不知有多少像奈勒爵士那樣的年輕人曾受他教導？」伯里斯想在人群中尋找公主的身影，他左右看了幾眼，又被別人好奇的眼神逼得收回了目光，「然後我又想到，艾絲緹那孩子憑什麼受這種委屈？憑什麼？她如今的處境多少有我的責任，她明明是個好孩子……」

洛特有點聽不懂了：「六十幾年前的事怎麼會扯到公主？那時連帕西亞國王都還沒出生呢。」

「不，兩件事其實沒有關係。」伯里斯難為情地盯著地板，「我只是有點不開心。

您知道嗎？艾絲緹又對自己施展了控制法術，強行操縱自己的面部肌肉擺出微笑的模樣。這法術會讓她的臉完全麻木，五官反應遲緩，連味覺都會暫時消失，她把自己暫時變成了一個傻乎乎的、只會應和微笑的玩偶。可是，那該死的騎士卻不理她了！因為他發現她是法師！人人都知道她在我的塔裡住過，所以騎士自然能想到她學過死靈系法術。艾絲緹是為救別人才暴露的，如果她不施法，也許那騎士根本來不及救下親王和隨從。她是為了救人，可是他竟然……」

洛特改變了一下舞姿，從扶著伯里斯腰部的姿勢變為直接摟著他的身體。「好了，好了。」他柔聲在法師耳邊安撫著，「我懂了，我知道你為什麼心情這麼不好了。你想到了那片霧淞林裡的事情，還想到了那條結冰的河，那時你……」

「我的事不算什麼。」伯里斯的語速比平時快得多，看得出他還沒平靜下來，「已經過了那麼多年，一直想著它也沒意思。可能人上了年紀就容易胡思亂想、鑽牛角尖，讓您見笑了。」

洛特沒說什麼。在他的引導下，雖然伯里斯仍不知怎麼跳舞，但好歹能自然地跟著移動了。閃過幾個人後，伯里斯用餘光看到了兩抹熟悉的色彩。

黑色禮服袍和玫瑰色長裙？

他抬起頭，驚訝地看到艾絲緹與奈勒爵士。他們竟然跳起了舞？難道奈勒爵士可以接受公主是個法師？甚至可能是個死靈法師？
「你知道是為什麼嗎？」洛特在伯里斯耳邊問。
「什麼『為什麼』？」
「因為快要到午夜了。」洛特說，「現在大家跳的是今夜最後一曲。在舞會上你可以和任何人何跳舞，但最後一曲開始時，人們會走向自己真正的舞伴。你看，帕西亞夫婦也在跳舞。」
伯里斯沒去看任何人，他也知道最後一曲的意義，正因為知道，他才更加不敢抬頭。
洛特繼續說著：「在人類的浪漫小說中，如果舞會上的最後一曲不和命中註定的人跳，你可能會抱憾終生。所以，即使奈勒爵士和公主都心有疑慮，他們還是不願錯過最後一曲。將來的困境就留到將來慢慢解決，至少現在，他們還不想放棄彼此。」
「您說得對。」伯里斯在優美的樂曲中備受煎熬，他有預感，話題很快就會落到自己身上。
果然，洛特又說：「我也想和你跳最後一曲。剛才我練習了好久，都是在為這一刻做準備。說真的，你能接受嗎？」
「接受什麼？」伯里斯背上的汗毛都立起來了。
「接受一個半神異界高等不死生物。」

伯里斯的表情空白了幾秒，終於忍不住說：「我還以為……您應該先問我『能不能接受男性』……」

「哈，我早就覺得你一直在跟我裝傻！果然沒錯！」洛特又帶著法師轉了個圈，「你完全明白我的意思，完全明白我的每個暗示！但你就是非要裝作什麼都不知道，擺出一副道貌岸然的模樣。」他壓低聲音，「真不愧是八十多歲的頑固老頭。」

伯里斯撇開頭，謹慎地回應：「這個……我不騙您，我確實多少感覺到了您的態度。您也說了，我是個八十多歲的頑固老頭，我很感謝您讓我的身體重回年輕，可這並不能改變我的心態。我能擁有健康的身體，卻無法改變早已蒼老的靈魂。」

洛特想了想：「我不太明白你的意思。難道你們有法律規定靈魂八十歲以上不得戀愛嗎？」

「那倒沒有。」伯里斯無奈地笑笑，「我該怎麼說呢……大人，我早已習慣了獨自一人的生活方式，不光是物質上，更多的是精神上。所以，您的曖昧暗示令我非常惶恐。我不是排斥您本人，而是……而是我現在根本沒辦法適應您期待的那種關係。恐怕我無法給出令您滿意的回應。」

「你現在的回應我就挺滿意的。」洛特把兩人的距離拉近了點，「我明白你的意思，你八十多年都沒談過戀愛，現在突然有人追你，於是你慌了，而且超級驚訝。你沒有經歷過比朋友更親密的關係，所以你視它為洪水猛獸。有人追你還不是最嚇人的，更嚇人的是這個人還和你性別一致，甚至他根本不是『人』，是個半神異界高等不死生物。在你的預想中，你們本來應該是一對野心勃勃的魔法盟友，而現在這個同性不死生物竟然打算按照浪漫小說的情節追你——你看看，嚇人的地方太多了，你都不知道哪個才是重點了。」

「確實如此，您的分析十分全面而清晰。」伯里斯嚇得都開始用討論學術的腔調說話了。

「既然你明白，那就好辦了。」洛特得意地看著懷中隨著自己轉圈的法師，「我知道虛構文學和現實的差別。在現實中，人和人的感情不可能像浪漫小說的情節一樣迅速發展。我不要求你立刻愛上我，只要你知道我在想什麼就好，未來還很長。其實你應該有心理準備才對，六十幾年前我就暗示過了，你還記得嗎？」

伯里斯不太記得。他確實記得很多當年的對話，但不包括這種。那時他狀態很差、身上有傷、發著低燒、腦子不清不楚、情緒還有些失控，一路上他絮絮叨叨地說了很多話，而骸骨大君只是偶爾回應，或簡短地提問，根本不像現在這麼健談。

洛特替他重溫當年的情形：「那時你說要在有生之年內把我從亡者之沼放出來，我問你，你是認真對我承諾這件事嗎？你說當然是認真的，然後我也對你承諾，只要你帶我離開，我就自願成為你特別的盟友。在分別前我對你說『伯里斯．格爾肖，我的法師，你是我命中註定的人』，你還記得這段話嗎？」

伯里斯恍惚地抬起頭，學術討論腔調仍未消失：「大人，情況是這樣的。原本我不小心忽略了這個部分，現在經過您耐心地提醒，我已經重新認識到此處細節的特殊性。您當時的措辭較為迂回，而我在思辨能力不足的情況下，未能從中提取足夠的資訊……」

「親愛的伯里斯，你說人話好嗎？」

伯里斯努力調整了一下，說：「我的意思是……現在我想起來這段話了，可是當時我真的沒留意，我……」

洛特有點小失望：「沒關係，你現在知道也不晚。好了，這個話題到此為止，今天這段談話會影響我們的關係嗎？」

「應該不會。」伯里斯說，「您仍然是我最重要的盟友，我也完全信任您。」

雖然您一直對我有所隱瞞。伯里斯在心中默默補充。

不過，他並不急於求證，因為這種隱瞞是必然的。洛特身上的祕密太多了，任何人都不可能在短時間內全部瞭解。

洛特帶著法師從一對舞伴身邊經過，現在他們正好站在公主和奈勒爵士身邊。奈勒有點驚訝，又不好意思一直盯著他們看，而艾絲緹則瞪大眼睛看著導師被花花綠綠的骸骨大君摟在懷裡，那目光簡直要把伯里斯刺穿了。

音樂進入尾聲，今夜最後一曲即將結束。洛特扶著伯里斯的背，在他耳邊小聲說：「我知道八十多歲沒談過戀愛是什麼感覺，也能想像你現在有多麼不自在。沒關係，慢慢來，我就是正式通知你一下，讓你有心理準備。」

音樂結束了，人們先是短暫地定格，然後紛紛和身邊的伴侶擁抱。洛特也輕輕把伯里斯抱在懷裡，偷笑著吻了一下他的額角。

致施法者伯里斯閣下及家屬

舞會結束後，海達又叫住伯里斯，說公主要找他。奇怪的是，她特意交待要「術士」洛特也一起來。伯里斯以為是艾絲緹想談關於奈勒爵士的事，但出乎意料地，在偏廳等著他們的竟然是帕西亞國王和蘭托親王。

「謝謝你們解救了我的女兒。」蘭托親王在廳中來回踱步，一副心神不寧的樣子，「次子夏爾已經向我轉述了你們的善舉，看得出來，你們是值得信賴的施法者。」說話時他終於放慢腳步，最終站在伯里斯面前，「你們應該也聽說刺客的事了?」

「是的，親王殿下。」

伯里斯剛回答完，洛特便湊上來搶話：「刺客是不是已經招供了?他們的行為很奇怪，為什麼非要在皇宮裡刺殺親王殿下呢?在半路上或親王的領地內不是更方便嗎?如果他們只是覺得在皇宮裡進行刺殺比較有震懾力，那他們為什麼不乾脆刺殺國王呢？」

坐在宴會椅上的帕西亞國王嘴角一抽。他打量了一下這個「術士」，最終還是轉向伯里斯：「我聽說你是伯里斯的學徒？你叫柯雷夫，對吧？」

「是的，陛下。」

從帕西亞國王的語氣判斷，他多半已經聽過了那個「私生子」的傳言，現在近距離看著「柯雷夫」，他肯定會發現這個年輕人的眉眼與伯里斯十分相似。在他心中，私生子的傳言已經證據確鑿。這也是好事，省去了伯里斯編身世的麻煩。

國王瞥向伯里斯手上的紅玉髓戒指：「我聽說你的導師又不知所蹤了，現在他還沒回來？」

伯里斯回答：「導師歸期不定。在這之前，不歸山脈由我全權管理。」

「你的施法能力如何？」國王問，「有些事情，我不知道身為學徒的你能不能處理好……」

伯里斯回答：「我的施法能力一般……」對現在的他來說，這倒是真的，「我能夠辨識各種危險，卻不太擅長用魔法進行戰鬥。我更擅長研究各類知識，提供一些側面的援助。導師還算是比較認可我的能力，否則也不會如此信任我。」

一個法師，擅長出謀劃策、擅長當百科全書、不擅長攻擊……天哪，這簡直是騎士與貴族夢寐以求的法師！多麼安全的法師！無害的法師！這種法師才是貴族的好朋友！

和親王交換了一下眼神後，國王說：「好，我明白了。我和你的導師是舊識，我知道那枚戒指意味著什麼。既然他信任你，那麼我也信任你。柯雷夫先生，剛才你的同伴提了好幾個關於刺客的問題，他的疑問也是很多人的疑問，我們叫你來，正是希望你能幫我們找到答案。」

說完，國王揚了揚手，站在角落的一名近衛士兵離開了偏廳。沒過一會兒，兩名士兵押著一個又高又壯的犯人走了進來。

犯人是今天刺殺親王的刺客之一，他雙手被銬在背後，腳上也帶著鐐銬，身上倒是乾乾淨淨的。親王直接走到了犯人面前，把他踢倒在地，又叫人扶起來，在他肚子上狠狠踹了一腳。奇怪的是，犯人竟然毫無反應，他既不叫喊也不掙扎，一直維持著木然的表情，連眼珠都不動一下。

伯里斯看出問題所在了。他走上去摸了摸犯人的脈搏，果然，這根本不是活人。

「難道……刺客都是這樣的東西？」他看向親王，親王點了點頭。

這伙刺客知道如何刺探情報，能主動尋找機會，甚至特意偽裝身分，被發現之後，他們還和奧塔羅特騎士混戰了好一會兒。但在被抓獲後，他們卻一個個宛若死人一般，親王派人審訊他們，他們不配合也不反抗，暴力威脅和吐真劑都沒用。進一步檢查時，審訊員驚訝地發現，這些刺客全都沒有脈搏。

「是操縱屍體的法術……但好像又不太一樣。」伯里斯施法檢查，並仔細觀察屍體的皮膚。通常來說，被操縱的屍體只能服從簡單的命令，比如「守住門，不允許主人之外的生物出入」，或者「殺死那個穿盔甲的人」之類的。而這些刺客卻可以駕馬車，可以冒充果農和商隊，還知道在衣服下面隱藏魔法武器，甚至能在監視下表現出果農、商人、士兵等符合身分的表情和反應，這可不是普通的活屍或魔像能做到的。

伯里斯握住屍體的手，念了一小段咒語。咒語從他的手指爬進屍體的皮膚，像細小的蛇一樣快速鑽入皮下。沒過一會兒，咒語又返了回來，從屍體鑽回伯里斯的手中。

「它們就像發條玩偶。」伯里斯說，「有人喚起了這些屍體，用法術保證它們不腐爛，再操縱它們一步步殺人。它們的每一步行動都是自己決定的，不需要主人詳細精準地下達命令，只要有利於完成任務，它們就能選擇出最優方案。施法者並沒有賦予它們真正的心智，它們也沒有自己的情感，一旦命令改變，或者任務徹底失敗，它們就會變回鬆了發條的玩偶，對外界刺激毫無反應。這樣一來，操縱者既可以讓屍體在執行任務期間擁有足夠的智商，又可以保證它們絕對忠誠。」

帕西亞國王比了一個驅離邪惡的手勢，默念著白晝女士的聖名。蘭托親王面色蒼白，死死盯著地上睜大雙眼的屍體：「法師……你能不能查出這些屍體的主人是誰？」

伯里斯剛想說這不太可能，洛特突然站到他的身邊：「我可以做到。我可以查出這些屍體是誰、來自哪裡、身上的法術有哪些效果、被植入了什麼樣的命令，結合這幾點，我們應該可以推測出屍體的主人身在何處，也許還能推測出敵人究竟是誰。」

「真的？」親王和國王都看著他。

「當然。就因為我擅長一些奇怪的事，所以伯里斯才如此信任我。」洛特看了一眼身邊「真正的」伯里斯，「不過，我的施法過程特別詭異，希望兩位不要太吃驚……」

聽到這裡，伯里斯立刻明白他的意思：「國王陛下，親王殿下，我懇請二位稍作回避！這個施法過程非常噁心，根本不適合在尊貴的皇室面前施展……」他特別看向國王，「您曾進入過導師的高塔，您應該明白我的意思！」

帕西亞國王一手掩面，似乎想到了什麼特別不堪回首的事情。他和親王說了幾句，兩人暫時走出去並關上大門。

偏廳裡只剩下伯里斯和洛特，以及一具痴呆的活屍體。伯里斯嘆口氣：「大人，您又準備要親吻屍體了，是嗎？」

「是啊。」洛特已經跪在了屍體旁邊，「其實我本來只要摸一下就可以了，但現在我只能親它。唉，我也希望這個後遺症趕緊痊癒。」

致施法者伯里斯閣下及家屬

To Burris the Spellcaster and His Family Dependent

Chapter 12

致施法者伯里斯閣下及家屬

經過骸骨大君親自查驗，屍體中了一種世間罕見的詛咒性質法術。想要製造這樣的復生者，首先必須讓死者死於其出生地，位置偏差不得超過十英里，在死者咽氣之前，施法者或其協助人要在死者身上留下一枚徽記，待到死者下葬滿十三天後，屍體會挖開墓穴，自行回到施法者身邊。

在一般的死靈術中，被喚起的屍體不是毫無智商，就是擁有自我意識，至於究竟是哪一種，全看施法者的具體操作。而這個法術不一樣，它可以讓屍體在執行命令的期間擁有生前的智商，在任務結束或失敗後又自動回到無智商狀態。這樣一來，施法者既可以讓屍體執行複雜指令，又可以保證它們永不背叛，更可以避免它們落入敵人之手後暴露祕密。

伯里斯解釋完這一切後，國王和親王都面色蒼白。刺客專程到皇宮內進行刺殺的理由浮現出來——這裡是親王的出生地。只要親王在這裡死去，暗處的敵人就會把他也變成復生活屍。而且，審訊官發現每個刺客身上都帶了一枚小刻刀，刻刀並不能用來作戰，屍體們應該是打算用它幫親王刻下施法徽記。

骸骨大君知道徽記的樣子。為了方便觀察，伯里斯拿出筆記本，讓他把徽記畫下來。

蘭托親王繼續來回踱步，不時望向洛特：「你剛才說，你能感知到施法者的位置？」

「是的，我感覺到了。」洛特剛想在伯里斯的筆記本上畫上地形，又覺得本子太小，於是他舉著炭筆在空中比劃：「假如這裡是王都，那個位置先這樣，再這樣，再向北，這樣，然後這樣，這樣……這大概什麼地方？」

伯里斯根本沒聽懂，國王和親王倒是猜出了洛特所指的地點，畢竟他們有帶兵打仗的經驗，對地形和空間的想像力十分良好。

「你說的好像是……落月山脈？」帕西亞國王問。

「施法者在落月山脈？」蘭托親王比剛才更緊張了，「落月山脈……也許幕後主使是山脈另一邊的生物，他們想用這個邪術控制我，找機會奪取我的要塞……」

而帕西亞國王不這麼看：「我的弟弟，你真的這麼想嗎？山脈另一邊是蠻族和獸人的領地，他們會施展這麼複雜的法術嗎？就算他們會，既然他們掌握了這麼恐怖的手段，而且還派人……派屍體潛入皇宮，那他們為什麼不乾脆刺殺國王與親王兩個人？如果能控制住我，對他們來說豈不是更偉大的勝利？」

蘭托親王嘆了口氣：「也有道理，但那些種族的思維方式和我們不同，也許我們的推測並不成立……」

「他要控制你，可能不是為了權力。」洛特毫無規矩地插嘴，「我指的是親王殿下。施法者肯定和你有私人恩怨。剛才伯里斯……的學徒說了，死者被下葬十三天後才會甦醒成為傀儡，如果你死了，被下葬十三天之後又默默爬出墳墓，你的軍隊還會聽你的嗎？

你的家人還能信任你嗎？他們會重新把權力還給你嗎？才不會呢，他們不把你燒掉才怪。敵人要的不是你的親王身分和兵權，他要的就是你本人！」

「恨我的人很多，」蘭托親王冷笑道，「特別是在落月山脈一帶，畢竟我曾經是那場戰役的總指揮官。」

聽到這裡，伯里斯不得不問：「殿下，恨您的蠻族和獸人也許很多，恨您的施法者又有幾個呢？」

蘭托親王立刻想到了那個名字：「紅禿鷲？」

「您認為那個術士可能掌握這種法術嗎？」

「我怎麼知道……」親王終於停止了踱步，垂頭喪氣地拉過椅子坐下，「我對魔法一類的東西知之甚少，所以才要找你來。原本我們想找你的導師，但現在誰也不知道他在哪裡……」

親王情緒低落，目光閃爍。伯里斯總覺得他沒說實話，或者他只說了一部分實話，隱藏了一些他自認為難以啟齒的部分。

「法師柯雷夫，」這時，帕西亞陛下開口了，「蘭托親王和他的家人就要離開王都了，我希望你能跟隨他們去一趟落月山脈，此時那片土地上一定蟄伏著我們不瞭解的邪惡。」

伯里斯早就明白他們的意思了。他確實願意前往，因為他也非常好奇刺殺親王的施法者是誰，那個人也許掌握著外界所不瞭解的力量。

「我也去。」洛特向前踏了一步。

「當然。」蘭托親王大概在想別的事，說話時有點心不在焉，「既然你也是伯里斯的朋友，那就一起去吧。我還請了另一個……」

伯里斯突然有種不好的預感：「還有誰要參與這件事？」

「我的一位戰友。」親王說，「你也許認識他？他也是法師伯里斯的弟子，他參加過那次戰役，也算比較瞭解山脈的地形。」

「黑松？」

「噢，你果然認識他。」

車隊在第二天清晨上路。親王與衛隊走在最前面，長子諾拉德和次子夏爾騎馬隨行在後，伯里斯與十三歲的塔琳娜共乘一輛馬車。洛特得到了一匹溫順而強壯的馬，他大部分時間都跟在公主與法師身邊，有時候也會極為活潑地跑前跑後。

跟在隊伍最後面的，是一駕用鐵皮密封起來的囚車，裡面塞著死而不僵的數名刺客。整個隊伍中最奇特的要數死靈法師黑松，他不坐馬車也不騎馬，而是坐在一把巨大的骨頭椅子上，隨著隊伍飄浮。

致施法者伯里斯閣下及家屬

他的舊椅子壞了，而新椅子卻更大更詭異。它用了野牛骨、犀牛骨、麋鹿骨，甚至海底生物的骨頭，椅背上還懸掛著一串不知名生物的顱骨。只有伯里斯知道那是什麼——它什麼都不是，那是用骨粉人工捏造出來的，世上根本沒有那種生物。

國王和親王都不同意這個恐怖的椅子出現在都城內，於是黑松特意守在郊外，等車隊出城後再加入。看到洛特的時候，黑松明顯地抖了一下，雙手緊緊抓住扶手才沒有滑下來。伯里斯從馬車窗簾的縫隙看到了這一幕，暗暗覺得有些奇怪。

伯里斯多麼希望自己的施法能力能快點恢復。如果能恢復如初，他絕對要開個傳送法陣瞬間抵達目的地。坐馬車太累了，顛簸是小事，更累人的是他還得負責照顧面前的小女孩。他曾經照顧過十三歲的艾絲緹，那時艾絲緹也有點傻乎乎、病懨懨的，但總體來說，她身上有種強硬的貴族氣質，還算比較堅定樂觀，在這方面，十三歲的塔琳娜和她完全不同。

出城之前，塔琳娜輕聲細語地感謝了「柯雷夫」，討論了一些可有可無的天氣問候。出城後，她漸漸不說話了，伯里斯也沒有主動拋出任何話題，只是專心地低頭看書。沒走多久，伯里斯被細細的啜泣聲嚇了一跳，抬頭一看，塔琳娜歪靠在馬車座椅的墊子上，臉色蒼白，淚流滿面。

伯里斯問她怎麼了，這孩子給出的答案大大出乎他的預料：「法師先生，您別管我，我就是這樣一個不被諸神祝福的孩子。我從小就被詛咒，童年又失去了母親，而且我沒有朋友，還差點被榴槤扎死，即使被您救活，我的生命也已經沒有什麼意義了。我沒有諾拉德聰明，沒有夏爾健康，也沒有艾絲特琳殿下漂亮，我什麼都做不好，我不會騎馬也就算了，連坐馬車都難受得痛不欲生。您看，我活著還有什麼意義……嗚嗚嗚嗚嗚嗚……」

現在的孩子都怎麼了？妳才幾歲就這樣說話？伯里斯想好好教育她幾句，又覺得自己不該多管閒事教訓親王的女兒。塔琳娜哭了一整個上午，哭得伯里斯都想喊救命了。

中午休息的時候，塔琳娜被侍女攙扶到草坪上休息，伯里斯剛要跟著下馬車，親王長子諾拉德卻突然鑽了進來。

他一進來就拉著法師的手來了個吻手禮，在狹窄的馬車內，這種動作一點也不紳士，反而顯得十分猥瑣。接下來諾拉德以他良好的口才扯東扯西了好幾分鐘，其間還數次讚美了伯里斯的綠眼睛。草草交談了一會兒後，諾拉德離開馬車跑到洛特身邊，開始歌頌他的藍眼睛和「鴉羽般的黑髮」。等伯里斯坐在草坪上伸直雙腿時，這位口才不錯的長子又湊到黑松身邊，大肆感嘆了一下骨頭椅子的驚人氣勢，又抑揚頓挫地奉承黑松的白膚黑髮和美麗杏眼。

伯里斯坐在樹蔭下的草地上，看著忙忙碌碌的僕從們，深呼吸了幾口新鮮空氣。身邊傳來熟悉的腳步聲，他不抬頭也知道是洛特走了過來。

「這家人真有趣。」洛特在伯里斯身邊坐下，「他們每個人都有不同的症狀，真是讓人目不暇給。」

伯里斯揉了揉後頸：「還有兩天路程，我都不知道該怎麼辦……」

「因為那個小孩太能哭了？」

「可不是嗎？」伯里斯嘆氣，「我自己沒有子女，我真不知道該怎麼安撫小孩子。當年的艾絲緹不一樣，她比較懂事，根本不用我多說什麼。」

洛特提議道：「如果你想獨處，那我去坐馬車，你來騎馬？」

伯里斯不好意思地低下頭：「大人，我不會騎馬。」

「那你就只能看她哭了。」洛特望向另一處樹蔭。塔琳娜仍在抽抽搭搭，侍女手足無措地遞上手絹，夏爾站在旁邊滿臉擔憂，蘭托親王也親自走過去詢問女兒是否身體不適。

看著這一切，洛特瞇起眼：「我覺得那個女孩不太對勁啊……」

「哪裡不對勁？」伯里斯問。

「她的精神狀態不太對勁。世界上愛哭愛鬧的小孩太多了，但沒有幾個孩子能持續流淚一整個上午。而且你仔細看，她的眼神特別絕望，臉色也很難看，還經常小頻率地抽搐發抖，這肯定不是裝出來的。還有，你看她身邊的侍女，她們急得也快要跟著哭了，如果那小姑娘每天都這麼哭哭啼啼，那她們應該早就習以為常了才對。」

伯里斯沉默了一會兒，低聲說：「我檢查過了，她身上沒有任何運作中的咒語或魔法徽記。」

洛特摸了摸下巴：「我倒是想起了落月山脈的紅禿鷲。聽說他一開始也好好的，然後開始神志不清，力量卻越來越強，再後來精神徹底失常，力量也隨之衰弱。這不是因為他真的變弱了，而是因為他無法控制法術。」

塔琳娜暫時停止抽泣，她靠在二哥夏爾的肩頭，表情呆滯地望著天空，臉上還帶著未乾的淚痕。伯里斯皺眉想了想洛特的話：「您的意思是，難道這孩子也具有術士的潛質，並且也被落月山脈的某些東西影響了？那她的兩個哥哥怎麼沒事？」

洛特回答：「據我所知，術士天生的施法能力不一定能遺傳給每個子女，甚至有時還會隔代遺傳。對了，你知道蘭托親王的妻子是怎麼死的嗎？」

蘭托親王一家只有父親和子女四人，王妃在多年前不幸逝世了。

「聽說是一次意外，具體情況我就不清楚了。」伯里斯說。

洛特湊近法師的耳朵：「我打聽過，親王的老婆是死在山裡的。她在深夜離開城堡，不聲不響地跑到山林中，第二天親王帶人找到她時，她被一棵銀斑巨杉壓在下面，已經停止了呼吸。」

伯里斯捏了捏眉心：「大人，您怎麼什麼都知道……」

「因為我喜愛打聽獵奇逸聞。」洛特坦蕩地說，「最奇怪的是，大樹不是被砍斷的，是被一道雷電劈斷的。那時是初春，當天無雨無雪，晝夜晴空。」

「我明白了。」伯里斯再次望向小塔琳娜，「您懷疑這是『強制感染』。」

所謂的「強制感染」，是一種偶爾會出現在天生血脈施法者身上的現象。術士的施法能力藏匿於其血脈之中，有些人能夠適時自我覺醒，甚至更幸運點還能被資深術士賞識引導；也有的人懷有天分卻從未察覺，一輩子都不知道自己還能施法。總體來說，「術士能力」是一份恩賜，而不是強制的枷鎖，擁有這份禮物的人可以選擇深挖自己的天分，也可以選擇一輩子都不理睬它。

但是，有一種情況例外：一旦遭遇魔法擾流，天賦者的血脈能力就會被強制撕扯出來。

魔法擾流是一種殘留在世間的異界力量，據說它從遠古時期就存在，是異界從人間割離之後的殘留物。它融合了各類未知位面的力量，其中包括煉獄或暗域之力，甚至包括一些神術脈絡。

對大多數人來說，魔法擾流並不危險。普通人感覺不到它，法師們可以利用它做研究，牧師們可以透過它來判斷神明的足跡，成熟的術士則可以透過它來梳理體內的力量，讓自己控制元素的能力更精準穩定。總體來說，不論你是普通人還是受過訓練的施法者，都不必擔心被魔法擾流傷害。

它只對一種人具有威脅性——那些擁有術士天賦，卻又尚未覺醒的人。

擾流會暴力撕扯你的身心，恨不得將你的力量都撕扯出來，不管你願不願意，它都會讓你爆發。

有些研究者認為，擾流會一邊撕扯出天賦者的全部力量，一邊又裹挾著其他異界魔法鑽進受害人的身體，抹殺其意識，反噬其靈魂。受害者最終會精神失常，變成一個承載著擾流的空殼。這種現象，被稱為「強制感染」。

令人欣慰的，是自有紀錄以來，遭受過「強制感染」的人其實少之又少。第一，是因為魔法擾流本就罕見；第二，是因為這東西對已覺醒的術士只有好處，沒有危害。

哪怕你弱得只能擦出小火花，你也算已覺醒的術士。即使你不知道這叫魔法，即使無人引導你，你也不會被擾流傷害——就像游泳一樣，哪怕你只會漂浮或狗爬式，哪怕你一點技巧都不懂，只要你在水裡不會淹死，就已經算是「會」游泳了。

「但落月山脈的情況不太一樣。」伯里斯思考著，「就算王妃是因為強制感染而死，就算現在塔琳娜也受到了這方面的影響，可是紅禿鷲呢？他很多年前就是術士了，打仗時他還用魔法協助過親王。按理來說，魔法擾流不會讓術士發瘋，更不會讓他因為心智不穩而衰弱。」

這時，蘭托親王回到了馬上，塔琳娜也被侍女和夏爾攙扶著進了馬車，車隊準備繼續上路。

「所以我們去看看就知道了。」洛特站起來，手伸向伯里斯。

伯里斯接受了骸骨大君的幫助，拉著他的手站了起來。走向馬車時，伯里斯突然叫住準備去牽馬的洛特：「大人，您為什麼對落月山脈感興趣？」

洛特整理著韁繩，沒有回頭：「因為好奇啊。這麼多神神祕祕的事情，我當然想參與一下。再說了，國王和親王雇傭了你，而我是你的盟友，我當然也要跟著。」

您是對魔法擾流感興趣嗎？伯里斯嘴裡含著這句話，卻猶豫著沒問出口。最後，他換了另一個問題：「如果那個地方真的有魔法擾流，您應付得了嗎？」

「當然，畢竟我是……」洛特看看四周，用口形說，「半神。」

伯里斯點點頭：「存在魔法擾流的地方，很可能也會存在殘留的位面薄點。位面薄點是很危險的東西，您要提前做好心理準備，多加小心。」

說這句話的時候，伯里斯提前深吸了一口氣。他也不明白自己在緊張什麼，明明該緊張的是對方。

骸骨大君沒有立刻回答。翻身上馬之後，他才笑嘻嘻地看向伯里斯，回答了一聲「我知道了」。

午餐之後，哭了一路的塔琳娜終於睡著了。伯里斯本來想看會兒書，可沒過多久他也越來越睏。馬車均速顛簸著，車外不時傳來模糊的交談聲，伯里斯靠在座椅的軟墊上，進入了半深不淺的夢境。

致施法者伯里斯閣下及家屬

六十幾年前，他坐在神殿騎士們的囚車裡。

他們已經在霧淞林裡走了好幾個小時，森林不見盡頭，風雪越來越大。騎士們走的是和來時一樣的路，速度卻慢了許多。他們原本計畫在黃昏前穿過希瓦河，天黑後進入俄爾德邊境，從俄爾德境內借道回到北星之城。現在看來，恐怕他們今天晚上根本走不出霧淞林。

只要能走出森林，渡河倒不是問題。希瓦河在一年之中有五個月的冰封期，連重型戰馬騎兵隊都可以通過。它流經數個王國與獨立城邦，像一條時隱時現的銀色項鍊般橫亙在大陸北端，隔開了十國邦聯所在的區域與北方寒霜平原。十國居民很少渡河向北，寒霜平原的原住民也幾乎不敢南下，他們恐懼的並不是冰封的河面，而是大河兩岸寂靜昏暗的森林。

這片寒冷的森林是死靈法師們的試驗場，早在白塔之主伊里爾出生前就是如此。過去不比現在，那時的死靈法師們不僅被人們畏懼，甚至還會被整個社會驅趕排斥。於是，他們大多數人被迫離開溫暖富庶的故鄉，聚居在無人接近的霧淞林和寒霜平原。其實平原上的遊牧民族也十分排斥死靈法師，但他們對此無可奈何。希瓦河南岸的國家無動於衷，北岸不屬於他們，那些遊牧民族自然也不會將之視為自己的責任。

後來，伊里爾成為了死靈法師之中的佼佼者，他統治了平原上的部族，收復了森林中的原住民，甚至剿滅了反對他計畫的法師同僚。他的白塔高高矗立在寒霜平原上，猶如一柄刺入風雪之地的長槍，從此以後，整片平原和森林都成了亡靈的國度。

根據邦聯自己訂下的法典，只要平原上的統治者不越過希瓦河，十國邦聯就無權干涉他的任何行為。奧塔羅特神殿幾次想干涉此事，卻遭到了河畔幾個國家的各種阻撓——雖然神殿教區獨立於王國之外，但他們顯然不能隨意出兵討伐其他領地，否則，今天向死靈法師宣戰，明天是不是又會向哪裡出兵？

奧塔羅特教會的聖地大神殿位於北星之城，被稱為「默禱塔」。默禱塔希望能搜集到更多證據，證明伊里爾的魔掌已經伸往南岸，這樣一來，就沒有任何國家和城邦能再反對圍剿計畫。

其實人人都知道伊里爾的統治範圍包括希瓦河的兩岸，南岸的寶石森林甚至早已淪陷數年。只可惜神殿的證據始終不夠充分，它們能說服零星幾個法師，卻無法說服那些政要貴族。

對神殿來說，學徒伯里斯簡直是雪中送炭的貴人。這個學徒先聯繫了俄爾德境內的法師，又透過他們聯繫到了默禱塔。他背叛了他的老師，主動交出了一系列驚心動魄的證據——伊里爾的野心並不止於大河北岸，現在他已經得到了寶石森林，將來費西西特和俄爾德也岌岌可危。

致施法者伯里斯閣下及家屬

掌握證據並獲得周邊國家的支持後，神殿終於派出精銳的騎士團，實現了籌劃數年的剿殺計畫。在動身之前，支隊統領特意詢問長官：「伊里爾必須被處決，那麼他塔內的學徒呢？特別是有心悔改的那一個……」

這段談話發生的同時，新人騎士馬奈羅正好經過議事廳門口。他只聽到了一小部分，沒聽見最終的商議結果。

現在，他走在囚車邊，把自己聽到的東西大致講了一遍，還安慰伯里斯說：「沒事，到神殿就好了。他們不會太為難你的，北星之城裡也有法師，我們還經常和他們合作呢。」

你們當然和法師合作過，而且他們還教了你們很多東西，比如如何判斷施法的起手式或如何對付法師。伯里斯蜷縮在囚車一角，隨著馬奈羅的話漫不經心地點頭。

馬奈羅一心認為這個比自己大不了幾歲的法師是在害怕，因為要去神殿而感到害怕。小騎士可能永遠也沒辦法理解，比起恐懼，伯里斯心中更多的是悲傷。從此以後，他沒有故鄉、沒有歸屬、也沒有能被肯定的身分。他不僅做出了被所有死靈法師唾棄的背叛行為，也親手斬斷了自己的翅膀。

馬奈羅還在找話題，伯里斯有一句沒一句地應和著。這時，隊伍最前方的騎士做了個安靜止步的手勢，所有人停了下來。

風雪中的霧淞林並不安靜。枯枝與冰凌墜地，僵硬的灌木搖擺作響，混亂的風聲猶如女妖的號哭。在這些噪音中，唯一缺乏的就是活物的聲音，霧淞林中不見走獸，也難覓飛鳥。

喀嚓，喀嚓，咯啦啦啦。

有什麼東西正從迷濛的遠方靠近。它踏著半硬的積雪，折斷擋道的樹枝，似乎還拖拽著重量不輕的金屬物品，聽起來像是枷鎖或鐐銬。

「屍心盾衛！」伯里斯睜大雙眼，趴在囚車柵欄上，「長官！長官！」他高聲對遠處的領隊喊道，「讓他們上馬！快讓他們都上馬！用長槍！」

「什麼……你給我安靜！」支隊統領聽懂了後半句，卻不明白這個小法師為什麼突然如此激動。在他看來，這樣大喊大叫簡直是故意暴露位置。

伯里斯完全明白這個騎士的想法：「求您了！讓他們上馬換長槍！我喊不喊都一樣，那東西沒有聽覺和聲帶，它是靠體熱感應來尋找敵人的！我們已經被發現了！它很高，外皮很堅硬，它的弱點在後背中心類似人類心臟的位置，箭矢和輕武器沒用，上馬衝鋒，用長槍和鍊錘！」

支隊統領猶豫了片刻，做了個手勢，命令所有人上馬。統領副官朝法師投來不悅的

致施法者伯里斯閣下及家屬

目光：「森林裡有埋伏，你為什麼不早說？」

「我在信裡寫得清清楚楚！」伯里斯委屈地叫著，「把我抓走的時候，你們還說已經把附近的構裝體清理乾淨了！」

馬奈羅也上了馬，戴上面罩，這讓他的聲音變得悶悶的：「我們是應該清理乾淨了，不管是塔裡的還是半路遇到的。來的時候，我們在森林裡確實遭遇了構裝體的伏擊。」

伯里斯雙手攥著囚車欄杆，緊張地四下張望：「你們遇到的是什麼樣的構裝體？攔路攻擊？那是護魔盾衛啊！護魔盾衛不會主動尋敵，除非你走進它們的守衛範圍；而屍心盾衛不一樣，它會主動狩獵！它們的核心燃料是亡靈，平時被掩蔽在土壤中，啟動後……」

說到一半，伯里斯停了下來。他突然意識到了巨大的危險——這片土地上肯定不止一個屍心盾衛。

屍心盾衛十分機警主動，甚至帶有一定程度的嗜殺欲望，所以控制起來也比較麻煩，平時伊里爾很少啟動它們。它們長期蟄伏在地下，被法術限制行動。現在伊里爾死了，他的法術估計也失效了。

如果真的是這樣，那麼霧淞林中到底藏了多少試驗品？有多少已經死亡？又有多少隨著主人的死去而重獲自由？

隊伍斜前方，敵人的身影隱約出現了。那是個將近三人高的巨型構裝體，兩手各拖著一條重刺鍊，身周氤氳著死亡腐朽的味道。支隊統領一聲令下，數名騎士組成圍攻陣形，有的負責拖絆，有的正面進攻，支隊統領和另兩名騎士則負責繞後包圍。

伯里斯不懂這些，也不知道奧塔羅特神殿的騎士到底能力如何。既然他們能擊敗那麼多魔像和怪物，還能殺死伊里爾，那他們應該足夠強大吧。

一個法術藏在伯里斯的指尖——能夠拖慢盾衛速度、安撫其狂暴的法術。

它只能針對屍心盾衛，對其他構裝體不一定有效。

可是騎士們說過，不允許他施法。伯里斯縮在囚車一角，緊張地看著騎士們的背影，希望他們能夠順利獲勝。

對了，那個跟蹤者還在嗎？忽然，伯里斯想到了那個戴著長角頭盔的身影。

難道他真的只是騎士中的一員，是我看走眼了？或者他其實是個逃走的試驗品，因為還保有正常心智，所以跟著我們一段距離就自行離開了？

突然，一陣劇烈的顛簸幾乎把伯里斯拋了起來。他猛地睜開眼，身手敏捷地扶住對面的小塔琳娜。

車夫咒罵著年久崎嶇的道路，塔琳娜呆呆地看著窗外，臉上淚痕未乾。伯里斯又嘆了口氣，幫貴族小姑娘重新坐好，自己也靠回了墊子上。

這個午覺又淺又短，不過也足以讓他恢復疲勞。在驚醒的一瞬間，他竟然還能撲過去接住差點摔倒的塔琳娜，真不愧是年輕的身體啊，如此健康且充滿活力。

夢中的昔日，自己也正是這個年紀。

伯里斯從車窗向後看。洛特騎馬走在隊伍最末端，身形被飄浮的骨座椅擋住了大半。他若有所思地望著遠處，顯得比平時嚴肅很多。察覺伯里斯的目光後，他立刻露出笑容，還頗俏皮地擠了擠眼睛。

路程第一天的下午，塔琳娜時而發愣、時而流淚，繼續著悲不自勝的獨角戲模式。現在伯里斯已經習慣了，他不再過度關注這個孩子，終於能靜下心來閱讀書籍。

黑松被叫到親王身邊，聽親王簡述了之前的刺殺事件。比起伯里斯的親信「柯雷夫」，蘭托親王還是和黑松的交情更深一些。畢竟黑松在戰爭中為他提供過幫助，而且，親王以為是黑松壓制了榴槤詛咒，「柯雷夫」則是最後徹底解除詛咒的人。甚至連黑松自己都是這麼認為。

諾拉德和洛特並排騎行，話題不斷。洛特的思維跳躍能力並沒有難倒這位貴族長子，諾拉德好像有一種特殊能力，只要你長得稍微好看一點，他就可以和你順利聊起任何話題。這個人在希爾達教院進修時不知招惹過多少學徒，法術沒學會幾個，倒是學會了各種討施法者開心的甜言蜜語。

他以為洛特是個術士，也知道洛特是法師伯里斯的朋友，就一直從這方面大加恭維。除此之外，他還經常問及伯里斯塔內的情況，洛特基本上都在胡說八道，他把伯里斯莊園裡的狗說成劣化的翼龍，還說塔下埋著遠古惡魔的屍體，法師能從中提取力量，又說不歸山脈裡有騎著大河馬的黑暗騎士。

隱約聽著這些對話，馬車裡的伯里斯被逗笑了好幾次。神祕而古老的骸骨大君怎麼會是這樣的人啊？這些日子裡，伯里斯不止一次這麼想。

然後，伯里斯又想到了位面薄點和魔法擾流，這就讓他笑不出來了。一位被囚禁在異位面的半神再臨於世之後，總應該有點野心才算正常。洛特說他的目標是享受生活，這聽起來很合理，但伯里斯不信。

野心不可怕，這種東西人人都有，伯里斯自己也有。他不害怕野心，但他害怕因此而帶來的混亂和失控。洛特是想汲取魔法擾流來強化自身嗎？還是他有什麼暫時不能說的目的？這事可大可小，伯里斯不願意往最嚴重的方向假設，可他又不敢忽視危險的可能性。

他可以直接問洛特，毫不保留、簡單直接地問。可是他不敢。

不敢就是不敢。即使他說服自己「現在骸骨大君力量不足，哪怕鬧翻了也不會有嚴重後果」，他也還是不敢。最可悲的，是他甚至不確定自己為什麼會害怕。

伯里斯不禁感嘆，人真是太可悲了，活了一輩子也無法完全瞭解自己，甚至不能完全控制自己的言行。

黃昏後，隊伍按時抵達了驛站。驛站附近沒有城鎮也沒有小村落，孤零零地矗立在官道旁。不過，這所驛站是專為長途跋涉的軍人或宮廷使者服務，所以它雖位置偏僻卻毫不簡陋，大廳裡光照充足，桌椅乾淨，飲食味道不錯，客房也寬敞舒適。馬匹們被帶到了馬廄，囚車則被推去後院，這些「東西」放在路邊不安全，也容易引起其他過路人的好奇心。

晚餐之後，驛站老闆找到一位騎士，提出要給「囚車裡的犯人」送點食物。老闆心軟，覺得就算犯人再窮凶極惡，也不能讓他不吃不喝。

騎士不知該怎麼解釋，對平民說「那裡全是魔法活屍」恐怕不行，可他又不能說我們不願意給犯人吃東西。於是他表示：由於犯人十分危險，所以應由軍人負責送飯，讓老闆回避。

騎士端著一盆小麵包走進後院，打算做做樣子就回去。他剛推開木門，後院裡就傳來了一聲慘叫，騎士立刻放下麵包，拔出佩劍衝了出去。

夜幕之中，一團黑影從囚車邊躍起，號叫著向騎士撲了過來。騎士舉劍迎擊，黑影接近的瞬間，他發現對方有一張蒼白如玉米粉的臉和一對精靈特有的尖耳。

「法師黑松？」騎士立刻放下劍。

黑松氣喘吁吁地倒在屋前的石階上，伸出纖細的手指指著囚車。騎士順著他的手指望去，背上頓時滲出冷汗——囚車的鐵門被打開了。裡面的屍體被移動了位置，從平躺變成了互相交疊的姿態，它們像一條條蟲子般扭曲糾纏，腦袋朝向馬車外，眼睛全都睜得大大的。或者，它們正是為了朝向同一個方向，才漸漸形成了這種互相糾纏的姿勢。

很快，伯里斯、洛特、蘭托親王和夏爾爵士也趕了過來。剛才黑松叫得太過悽慘，大家都聽見了。

蘭托親王大驚失色：「誰打開了囚車？鑰匙明明在我手裡！」

夏爾拔出佩劍，指著囚車鐵門上的鎖具：「父親您看，鎖並沒有被破壞！它還嚴絲合縫地扣著，而門卻被打開了！」

致施法者伯里斯閣下及家屬

伯里斯立刻看向黑松。黑松一手撫著胸口慢慢移動到親王父子身邊：「兩位少安勿躁，門鎖是我用魔法打開的，請不要過分慌張……」

最慌張的就是你！所有人都瞪著精靈法師，等待著他的解釋。

「我是打開了門，但我沒有動屍體。」黑松昂起頭，微皺著眉，做出一副滿心憂慮且深不可測的樣子，「夜晚屬於亡者。現在夜幕降臨了，我們又身在荒郊野外，誰能保證這些屍體老老實實不出一點問題？身為專門研究此道的法師，我必須親自檢查一下，所以我用法術打開了囚車。但是……」

說到這，他的語氣有點飄，顯然沒什麼底氣：「但是我沒有碰它們。一打開門，它們已經是這個姿勢了。」

伯里斯實在忍不住了：「所以你就尖叫？死靈法師看到屍體也會尖叫？」

喜劇都不敢這麼演。吟遊詩人要是講述這種故事，肯定被人噓下臺。伯里斯的心在滴血，看看吧，這就是我帶過的徒弟。我以前也知道他膽小，但這麼多年過去，他的膽小程度竟然變本加厲了！

被年輕的「人類學徒」這樣挖苦，黑松的臉色相當不好，卻不敢出言還擊。據他所知，「學徒柯雷夫」是導師伯里斯的親兒子，現在他身邊還站著「遠古亡靈惡魔龍」化形的人類，而且這兩人之間還似乎存在著不正當的關係……

看到黑松臉上的不悅後，伯里斯突然有一點自責：身為老師，我沒能好好引導徒弟，還嘲笑他膽小，這不該是老師應有的氣度。於是他走上前，在黑松身邊輕輕頷首：「抱歉，其實我也嚇到了，所以有些口不擇言。」

根據他對自己學生的瞭解，這種情況下黑松往往會再逞幾句口舌之快。可今天精靈卻老實地點了點頭，指了指囚車，一副若有所思的樣子躲到一旁。

伯里斯不知道他是怎麼了，也許黑松的膽子大小和懂事程度成反比吧。比起精靈的心情，現在更重要的問題是屍體的異狀。

伯里斯順著屍體們的「視線」遠望，拿出一只小指南針看了看。「它們急著回去。」他嘆口氣，關上了囚車的門，示意騎士將它重新鎖上。

「回去？」親王也順著伯里斯的視線看了看，「回……落月山脈？」

「是的，落月山脈的某處。」伯里斯說，「它們急切地想要回到施法者身邊。」

「剛才門被打開了，它們怎麼不跑？」

「因為它們仍處於失活狀態。它們和施法者的距離太遠了，施法者沒辦法重新提起木偶身上的提線。殿下，我們要多加小心，越靠近落月山脈，這些屍體就越可能重新站起來。」

致施法者伯里斯閣下及家屬

眾人散去，騎士們輪班守在囚車附近。伯里斯注意到，洛特一直盯著囚車，還不時望向落月山脈的方向，不知在思考些什麼。

我可以直接問他，伯里斯一遍遍地對自己說。我怎麼不敢問呢？有什麼可怕的？我擅長與人溝通，骸骨大君也挺講道理，甚至他還對我有點好感……我為什麼不能直接問他？

走向客房時，黑暗角落裡響起一聲輕輕的呼喚。伯里斯回過頭，是黑松藏在樓梯的陰影裡。

「小法師，你過來……」精靈像幽魂一樣悠悠招著手，「我想和你聊聊。」

現在伯里斯的身分是年輕學徒，黑松多半是因為剛才的對話記恨他了，所以想單獨威脅他幾句。他一點也不擔心黑松會做什麼，這個學生的特色就是形象極為邪惡恐怖，但內心膽小敏感得像一隻小白兔。

「就在這裡聊嗎？」伯里斯也走到樓梯下，「會有人過來的。」

黑松搖搖頭，帶他走進吧檯邊黑漆漆的小門裡，順便點起了一顆小魔法光球。「這樣就沒人打擾了。」精靈上下打量了一下「柯雷夫」，拋出一句開門見山的問題，「你和導師到底是什麼關係？年輕人，我希望你誠實地回答。」

是，我是年輕人，我確實比你年輕，才八十多歲。伯里斯沉吟片刻，嘆了口氣：「我以為你早就知道了。」

這回答模棱兩可，對黑松來說卻是個肯定的答案：「果然如此。小法師，我得向你道歉，之前我口無遮攔地對外說了一些話，可能影響到了你和導師的聲譽。現在我知道真相了，你放心，我不會再說什麼，更不會透露你身邊那人的身分。反正就算我說了也不會有人信……」

「身分？你是指什麼？」伯里斯不確定他後半句的意思。

黑松抬起漂亮的精靈杏眼，探究地直視著他：「你的追求者，術士洛特……他並不是術士，甚至不是人類，對吧？」

伯里斯心臟一緊。也不知是哪方面的緊張，是「追求者」還是「不是人類」？

黑松看他臉色不好，就拍了拍他的肩：「人類對同性之間的戀情還算寬容，不像我的同伴們那麼愛大驚小怪，即使如此，我還是從你的眼神中看出了擔憂。你並不是擔心被人發現與男性術士的關係，否則你也不會與他出雙入對了。你擔心的，是他身上的祕密……」

致施法者
To Burris the Spellcaster and His Family Dependent
伯里斯閣下及家屬

Chapter 13

伯里斯偷偷攥了攥手心。

黑松緊接著說：「小法師，你身邊的那位『黑髮術士』，其實是遠古亡靈惡魔龍，對嗎？」

「……什麼？」

伯里斯立刻明白了，「遠古亡靈惡魔龍」多半是骸骨大君自己說的，他拿這個嚇唬黑松，然後黑松竟然就信了……

我的學生啊，你究竟怎麼了？遠古亡靈惡魔龍？這只是幾個可怕詞彙的粗暴堆砌，世界上根本沒有這種東西！你好歹是個死靈學派研究者，怎麼會信這種鬼話？

伯里斯望著黑松，雙眼中飽含憐憫與悲傷。黑松誤解了這個眼神，也跟著哀傷起來：「小法師，我猜……他應該是被伯里斯導師召喚出來的吧？」

「呃，對……」伯里斯點點頭。

黑松神色憂傷地仰著頭：「他主動接近你、討好你，你覺得他很神祕，還很好奇他的力量，可你心裡總有一些疑慮。你對她又喜歡又害怕，喜歡的是她的溫柔熱情，怕的是她身上無法解釋的種種謎團……」

黑松的話差點讓伯里斯窒息。前半段說得太對了，嚇得他以為自己的學徒掌握了什麼邪門的讀心法術，而後半段卻突然變得有些奇怪……

「你剛才說，『她』？」伯里斯提醒道。

精靈長舒一口氣，小心地拭去了沾濕眼線的淚水：「小法師，這就是我找你談話的原因了。是這樣的，雖然身為離經叛道的死靈法師，但我也有心，我也嚮往愛情……」精靈的聲調越發抑揚頓挫起來，「我愛上了一個美麗又聰慧的女孩，但她很可能……並不是活物。她精緻、冰冷、神祕，身上有一種收放自如的死亡氣息。她自稱法師，可我發現她的施法方式更類似術士；我願與她分享一切感受，她卻不肯向我坦白祕密。昨天蘭托親王派使者來找我，我問女孩要不要和我一起，但她竟然無論如何也不願與我同行，就像刻意避開什麼似的。我對她說，如果妳實在不想去，那我也不去了。我可以拒絕親王的雇傭，陪妳去寶石森林……」

「寶石森林？」伯里斯留意到這個地方。

「是啊，她打算去寶石森林。總之，她既不願陪我去落月山脈，也不讓我跟她去寶石森林。我問她為什麼，她也不肯給我一個清晰的答案。後來，我有點失去理智，抓住她的手腕，對她念起讀心咒語……」

「讀到答案了嗎？」伯里斯問。

精靈苦笑著搖搖頭：「我施法失敗了。她憤怒地推開我，一把蒼白色巨劍突然出現在我們之間，劍身是蒼白的半透明狀，在空氣中飄浮著，劍鋒指著我的喉嚨……我……我……」

見黑松說不下去了，伯里斯拍了拍他的肩，柔聲問：「你被嚇哭了？」

「是的。」精靈哽咽起來。

「嗯。所以你怪自己為什麼要問那些事，與其陷入困境，還不如什麼都別問。」

「對對對！」黑松猛點頭，「今天我一路上都在捫心自問，為什麼我非要探究她的祕密？就讓她有點祕密又何妨？起初是她主動接近我，她理解我，幫助過我，帶給我很多快樂……」說到這，精靈的臉上浮現出明顯的緋紅，「她從不質疑我的身分，也不向我打聽任何敏感保密的東西，而我卻……」

伯里斯敷衍地點著頭，內心卻在說：你有什麼祕密可言？你根本存不住任何祕密。而且，你哪知道什麼真正敏感保密的事？你知道的不過是些小道逸聞。

黑松接著說：「我得承認，是的，我不完全相信她。我總覺得神祕兮兮的人一定另有所圖。可是現在一想，她並沒有做出什麼傷害我的事，反而是我先破壞了我們之間的感情。最後，她收回了那把劍，然後冷著臉奪門而出。等我回過神來追上去時，她已經不見蹤影了。」

你都嚇哭了，她當然不好意思繼續嚇你了。伯里斯又安慰地拍了拍精靈：「你回過神來用了多久？是不是在屋裡哭了一個鐘頭？」

「是……」黑松的臉上掛著哀傷，心裡卻升起一絲小小的不悅——這小法師怎麼如此瞭解我的缺點？一定是導師告訴他的。

「我明白你的難處。」甚至有點過於明白了。伯里斯靠在木門上，胸口一陣鬱悶。黑松幼稚且軟弱，因為一點小事就愁眉苦臉、哭哭啼啼。可我又比他聰明多少？黑松在衝動之下對那女孩用了讀心咒語，我呢？我敢對那個人用嗎？

也許我比黑松更膽小，伯里斯苦笑著想。不要說讀心咒語了，我連問一句話都不敢。我怕的究竟是什麼？是蒼白色的巨劍？還是被憤怒推開的瞬間？

黑松穩了穩情緒，恢復了平時故作深沉的狀態：「就是這個眼神！我是說你，小法師。我留意你很久了，我在你臉上看到了十分熟悉的憂慮，因為我也剛剛經歷過，我們是同一類人。這就是我找你談話的原因。」

「是啊。」伯里斯模棱兩可地說，「我……是有點怕他。」

「你確實應該怕他！」黑松嘶嘶耳語，「別說是你了，即使是我這樣資深的死靈法師也一樣怕他！也許只有我們的導師能夠應付他吧。他身上有種令人不寒而慄的氣息，光是看著那雙眼睛就會耗盡你的意志力……」

是，你說得對，只有你的導師能應付他。伯里斯無奈地笑了笑，不知骸骨大君到底是怎麼嚇唬黑松的，竟然把這孩子嚇成這樣。

黑松又把聲音壓低了些：「還有一件事，奧吉麗婭曾被他傷害過。哦，奧吉麗婭就是我說的女孩。她在酒館走廊裡遇到他，他只動了動手指，她就失去了意識。等我找到她的時候，她虛弱地躺在酒館後門外，被惡夢和無形的痛苦折磨得奄奄一息。而且她對這事絕口不提，好像失去了見過他的記憶。」

「你是說，骸……惡魔龍見過你的女朋友？」伯里斯問。

「是的。其實我應該保密的，我只偷偷告訴你，你千萬別告訴別人。」

算了吧，你一直都是用這句話來散播別人的隱私。伯里斯又問：「這大概是什麼時候的事？在什麼地方？」

「就是王后生日晚宴那天。我沒有被邀請，只是去都城湊湊熱鬧而已，然後……惡魔龍就找上門來了。說真的，這是我的錯，是我不小心把你的身分告訴了一起冒險的半身人朋友，造成你一些名譽上的損害。先不說這個，這方面我道過歉了。總之，惡魔龍找上我、威脅我，威脅之後就走了。」

「他在傍晚去威脅你，在皇宮晚宴開始前離開？」

「對。」黑松說，「其實我不該對你說這些。奧法在上啊，你一定別告訴他我告訴了你。」

你這個囑託可真繞口。伯里斯又問：「在那之前呢？你本來已經要和女朋友去寶石森林了？」

「不是。那之後她才要和我分開的。唉，也許她不僅嫌我問東問西很麻煩，還嫌我連累她遇到危險。」

救治塔琳娜之後，伯里斯和洛特有意無意地聊了幾句，他們聊到了伊里爾導師，聊到了神術和寶石森林，然後洛特暫時離開皇宮，找上了黑松和他的新女友。不久後，名叫奧吉麗婭的女孩就打算動身前往寶石森林……

「我知道了。」伯里斯越想越愁，預感自己這幾天估計會失眠，「黑松先生，現在很晚了，我們該各自去休息了。和你一樣，現在我也無法很好地處理這些疑惑。」

黑松像個良師益友一樣用力按了按「小法師」的肩：「嗯，我懂。和你談話之後，我的心情也不那麼緊張了。」

然後他又自以為風趣地、特別多餘地補充了一句：「小法師，你說話的樣子很像我們的導師伯里斯，真的。」

伯里斯尷尬地笑了笑，推開木門，黑松也熄滅了小光球。一走出小房間，伯里斯愣在了原地，後面的黑松差點撞到他身上。

看清外面的情況後，黑松緊緊捂住嘴巴，壓抑住差點脫口而出的慘叫。

骸骨大君坐在距離吧檯最近的桌子旁，吃著小餅乾，喝著淡葡萄酒，怡然自得地看著他們。

黑松站在後面不敢動，伯里斯也手心冒汗：「您……這是在幹什麼？」

「我在偷聽。」洛特笑咪咪地說，「偷聽的過程很漫長，所以我順便吃了點零食。」

「偷聽？」伯里斯當然知道他在偷聽，但他竟然直接說「我在偷聽」？通常不是應該回答「我只是碰巧在這」或者「我只是來吃點東西」嗎？

洛特撣了撣手上的糖渣，站起身，一本正經地說：「在舞會上我已經把話說得很清楚了，你那麼聰明，應該完全能明白我的想法，不需要我再重複解釋。基於我的動機，當我看到你和別人鬼鬼祟祟躲進小房間時，我不該來偷聽嗎？」

「我們沒談什麼重要的事！」黑松藏在伯里斯背後，聲音顫抖著，「我們都是法師，只是聊一些施法上的問題！而、而且我們是死靈法師，有的東西不能被那些騎士聽到，他們會很難接受的！」

「我知道。」當只盯著黑松一人時，骸骨大君的目光就變得十分陰冷，「現在你們談完了嗎？」

「談完了！」

「那麼你該回房休息了。」

黑松迅速轉身抓住樓梯拚命往二樓跑，中途還差點踩到自己的袍子。精靈離開後，伯里斯呆呆地看著洛特，一時不知道應該怎麼開口。

「按照通俗小說的情節，」洛特提示道，「現在，你應該問我『你聽到了多少』，然後我回答你『只有最後幾句而已』。」

伯里斯簡直快沒力氣說話了：「大人，您不覺得特別尷尬嗎？我被尷尬得智商都開始下降了……」

「好了，我還是主動告訴你吧。」洛特向他走了過來，「這麼近的距離、這麼薄的木門、這麼安靜的夜晚……我全都聽到了。」

「很抱歉，大人。」伯里斯不自覺地後退了幾步，貼在小門邊，「我是個比較謹小慎微的人，而且……可能是性格缺陷吧，遇到一些事情時，我的處理方式和思考方向不一定正確。也許您想對我說些什麼？您說吧，我聽著，我會回答您的疑問。」

明明懷有疑問的人是伯里斯自己，現在他卻主動站到了解答者的位置上，把提問的責任推了出去。聽他這麼說，洛特輕輕瞇了瞇眼，依稀察覺到法師的小小狡猾。解答者看似被動，其實恰恰相反，解答者有更多機會去思考、去安排適合的言辭；提問者看似主動，可如果他的問題不好，很可能一輩子都得不到真實答案。

洛特不禁暗暗感嘆，沒辦法，先進攻的一方冒的風險大，守軍夠聰明就能察覺你的破綻。

洛特拉開小門把法師輕輕推了進去，自己也跟進去關上門。現在小黑屋密談者變成了他和伯里斯。屋裡一片漆黑，沒人想著點亮光球。

「你變了，伯里斯。」骸骨大君感嘆著，「以前和你說話沒這麼艱難，那時你比較坦率。」

「那時我精神不穩定，身體不太好，當然說話也比較草率。」伯里斯說，「而且那時我才二十歲。」

「年齡能說明什麼？你看黑松都幾歲了？」

「他不一樣，他是精靈。生命體的心智發展不是由絕對時間決定的，而是由自身與外界的對比決定。我曾見過一個病例，當事人是人類法師學徒，因為一次實驗失敗，她的外貌永遠停留在十五歲。然後她離開教院，和十九歲的姐姐一起去旅行了。我認識那對姐妹的時候，姐姐四十九歲，是個身心都有些滄桑的女性；妹妹四十五歲，但言行性格仍與少女無異。

「姐姐也是法師，她完全可以靠幻術把面孔暫時變得年輕，可她卻怎麼也找不回真正的少年英氣。後來，妹妹在七十歲時死於慢性疾病……是的，她只是不老，但並不能永生。

「即使在彌留之際，她的心性也更像罹患重症的少女，而不是年事已高的老嫗。她一輩子都被人當成孩子，一輩子都過著少女般的生活，在這種條件下，歲月只會替她增添經驗與經歷，卻不會真正磨損她的靈魂。」

「所以，你想說明什麼？」洛特在黑暗中問，「你的意思是，你八十多歲，靈魂已經被磨損了，即使你變回二十歲，性格也不可能回到過去？」

「是的。我希望您能明白，我肯定不如您想像中有趣，也不如您想像中天真。」

骸骨大君能夠看透黑暗，但伯里斯不能。法師對此沒有絲毫不滿，反正現在他也不想看到對方的表情，萬一那張臉上出現警惕、厭惡、憤怒、不耐煩……他一定不知該如何應對才好。

「好，那我認真問個問題，你覺得我在騙你嗎？」洛特主動接下了「提問者」的責任，「你懷疑我隱瞞了重大的祕密？懷疑我可能會對你不利？或者你覺得我打算毀滅世界什麼的？」

「大人，我不會這樣指控您。」伯里斯說，「如果我發現您要毀滅世界倒還好，那樣我還能針對這一點制定計畫。問題是，我不知道，我什麼都不知道，我要在什麼都不知道的情況下信任您。當然，我仍然願意信任您，這是我們早就說好了的……」

骸骨大君嘆息著：「伯里斯，你不用這麼迂回、這麼斟酌字句。你可以直接問我『你是不是在找位面薄點』就可以了。」

「那您……是不是在找？」

「是。」

「大人，您知道位面薄點意味著什麼，對吧？」

「我當然知道。它意味著未知的異界，也意味著已知的神域、暗域、虛空，以及屬於遠古魔鬼的煉獄。」

伯里斯說：「異界召喚與能量抽取均屬於邪惡學派，現在我們換了個說法，把它叫做『非公開學派』，通常施法者們不會公開討論。如果您對異界感興趣，您可以在我的塔內進行研究，那裡不受任何機構的限制……」

「不，伯里斯。」洛特的聲音似乎帶著笑意，「你很清楚，我追求的並不是召喚和能量抽取。正因為你知道這一點，所以你才這麼緊張。」

「好吧……我猜，您是要親自進入某個異界位面。」

「是的。」洛特說，「我誕生在亡靈殿堂前的黑湖，我需要回到我的出生地。」

「您想去繼承那些力量。」這次不是疑問，伯里斯只是在陳述。

「對。你放心，我不會拿那些力量做什麼壞事。那些東西本來就該屬於我，所以我一定要去找，僅此而已。你們人類也會領取屬於自己的遺產，不是嗎？這一點你要相信我。」

喀擦喀擦。

這時，突然響起了詭異的咀嚼聲。

「什麼聲音？」伯里斯問。

洛特嘴裡繼續發出「喀擦」聲，同時說：「我在吃蘋果。這個蘋果太酸了，我就不分給你了。」

伯里斯哭笑不得：「大人，您嚴肅一點好嗎？關於異位面……難道您不知道嗎？」

「不知道什麼？」

「異位面普遍易進難出，即使是專注此領域的法師也不會輕易進行位面旅行。至於您所說的亡靈殿堂與黑湖……那可是神域啊。據我所知，在已知的異界中，神域是最難以探索的，它只能進、不能出，無論哪個位面的生物，只要進去了，他就不能再離開。也就是說，如果您找到了入口並成功繼承力量，您就再也回不來了。」[2]

「不完全對。」洛特仍然在啃著蘋果，不過語氣倒是挺嚴肅的，「你忘了嗎？亡者之沼也是半神域，是諸神專門造出來囚禁我的。我每被囚禁一百年就能得到七天的時間，雖然看起來是能進能出，其實並不是，它的性質也仍然是只進不出。我在那七天的時間是直接閃現於人間，被重新關回亡者之沼時也一樣，我自己都找不到出入口在哪裡，所以無法主動進出。但你找到了進入的方法，還帶著我們平安出來了。」

2 神域只能進不能出，這個概念來自「人死不能復生」。死靈法術雖然存在，但它只能操縱肉體和靈魂，不能讓死者擁有真正獨立的生命。

「我們是出來了，但是……」伯里斯不知洛特是真傻還是過於樂觀，「但那只是個很小的半神域位面啊！我帶著魔像軍隊幾乎殺光了位面守衛，這樣我才能深入它，而離開的時候，我們直接破除了詛咒，就像毀掉高塔地基一樣。我們是直接摧毀了那個位面才能出來的！」

「就是這個道理。」喀嚓聲結束了，骸骨大君應該是吃完蘋果，「等我繼承力量，我們照樣摧毀那個位面不就好了？」

「理論上可行，但做起來哪有這麼容易？」

「是不容易，所以我會從長計議，我不會一見到位面薄點就發瘋的。伯里斯，你尋找亡者之沼用了多少年？掌握『毀掉地基』的方法又用了多少年？你是不是保持理智慢慢去做這些事的？我也一樣，別把我想像得太瘋狂好嗎？」

這麼一想也對，當年伯里斯尋找亡者之沼也不是一件容易的事，如果這件事被公開，大多數施法者肯定也會將此行為斥為喪心病狂。而骸骨大君的目標更遙遠，就算他找到一百個位面薄點，也不見得能用；就算他找到了一百個能用的位面薄點，也不見得能連接到黑湖。

「看來你懂了。」骸骨大君拍了拍伯里斯的肩，「我就說你變了。你年輕的時候雖然弱小，但那時你很有想法，膽子很大。現在你怎麼變得溫溫吞吞、瞻前顧後？你們高階施法者不應該是陰險狠辣、野心勃勃嗎？」

伯里斯感嘆：「我自己的『野心』正在一步步實現，而且十分順利。而您提的這件事，簡直像讓艾絲緹公主去炸月亮一樣驚人，您覺得她能丟下未來的王位嗎？她的父母能不害怕嗎？」

洛特笑道：「『炸月亮』的事還很遙遠。而且你放心，如果真的炸不了，我也不會勉強自己的。你不要疑神疑鬼覺得我想要毀滅世界。總之，這下我都解釋清楚了吧？」

說來奇怪，這段談話其實沒有解決任何問題，但伯里斯確實放鬆了不少。「大人，我還有個疑問。」他說，「既然您偷聽了我們的談話，您一定也聽到了黑松提到的女孩。那女孩也認識您嗎？」

「算認識吧，我去威脅黑松的時候見過她。」骸骨大君說，「我沒有傷害她，只是讓她睡著了。那精靈說得有點誇張。」

「我還以為是您命令她去寶石森林的……」

「她去寶石森林和我們有什麼關係？我只知道她也是施法者，不怎麼厲害。」

伯里斯沒有再問，在黑暗中點了點頭。他知道骸骨大君能看見。

一隻帶著淡淡蘋果香氣的手伸到法師頰邊，指腹拂過他的鬢角，把垂下的髮絲攏到耳後。

「伯里斯，原來你有這麼多疑問。你之前怎麼不問我呢？」洛特的聲音比剛才更近，「你都不問，怎麼知道我不肯回答？再說了，就算我不願意回答又怎樣？我不會對你生氣的。偷聽完你和黑松的談話後我才明白，你怕我生氣，對嗎？」

事到如今，伯里斯也只能承認了。他再次點頭之後，洛特又說：「我以為在舞會上我說得很清楚了，難道你還是沒聽懂？」「我聽懂了。」伯里斯飛快地回答。他記得舞會上的最後一曲，也記得洛特說的每句話。伯里斯沒有白活八十幾歲，不至於清純到連這點暗示都聽不出來，可是……他不知道該怎麼做出回應。

從理論上來看，骸骨大君的示好算是在情理之中；但從主觀上來看，他還是深受驚嚇。在這種心境之中，到底怎麼回應才是正確的呢？

現在又不是法術技能考核，受試者沒辦法根據問題得出最佳答案。伯里斯希望能暫時擱置問題，也希望洛特短時間內不要繼續深入探討這個問題了。

「你聽懂就好，別動。」突然，洛特靠得更近了，即使在黑暗中看不見，伯里斯也能感覺到他的呼吸。

洛特捧起法師的臉，對著嘴唇毫不客氣地吻了下去。這次不是為了施法，而是一個真正的吻。

伯里斯呆住了。他下意識地抬手想推開洛特，而洛特早有準備，他乾脆張開雙臂環抱住法師，把僵硬的伯里斯圈在胸前。

親完之後，洛特忍著笑問：「你不反抗啊？」

伯里斯仍處於有些茫然的狀態。在黑暗中被人靠這麼近，正常人都會忍不住反抗，但反抗會顯得特別不大方得體，所以伯里斯的手在中途就停了下來。

洛特繼續問：「剛才是你第一次接吻嗎？」

「當然不是。」伯里斯回答得理直氣壯。

可惜洛特識破了他：「救黑松的時候是你第一次接吻？」

「也不是……」

「那就是在亡者之沼那次？不，親愛的，那不是。當時我吻的是你暫用的身體，是那個沒有耳朵的禿頭青年。嚴格說來，當時我們並沒有進行真正意義上的接吻。所以，救黑松那次才是你第一次接吻。你八十幾年都沒談過戀愛，肯定也沒親過別人，親吻女士的手不算。」

伯里斯無力地靠在牆上：「大人，您就不能留一點尊嚴給我嗎？」

洛特貼上去擁著法師，深情地說：「你不需要感到羞恥，這沒什麼。我也沒談過戀愛，你看我一點也不自卑。」

致施法者伯里斯閣下及家屬

也許您的羞恥心長錯位置了，伯里斯在心裡默默地說。

看到法師一臉嫌棄，洛特又靠了過來：「你真的這麼介意？那這樣吧……」他一隻手捏住法師的下巴，「前面的都不算數，現在才是我們第一次接吻。這樣總可以了吧？」

什麼？這意義何在！伯里斯嘴裡含著這句話，卻沒有說出口的機會。

因為骸骨大君又吻了他一次。

萬籟俱寂的夜晚，在伸手不見五指的小房間裡，一個是半神高等不死生物骸骨大君「洛特巴爾德」，一個是八十四歲的傳奇高階死靈法師「伯里斯．格爾肖」，此情此景簡直充滿了陰謀詭計的味道，而他們竟然只是在傻乎乎地接吻。

真的是傻乎乎的，這不是伯里斯妄自菲薄。人總有擅長和不擅長的事情，即使是伯里斯這樣的資深施法者也有很多不擅長的事，比如騎馬、格鬥、唱歌、寫作……還比如戀愛和接吻。他不僅不擅長，甚至還無從辨別對方是否擅長。

洛特巴爾德的接吻技術到底好不好？伯里斯不知道，也無暇分析。

伯里斯昨天一整晚都沒休息好。回到房間後，他的腦子裡充斥著各種問題，從骸骨大君的目的是否有實現的可能，到自己是不是該認真考慮一下學習年輕人的方式生活，然後他又想到了一堆過去耳聞目睹的戀愛悲喜，並仔細琢磨其中的種種利弊。

理智告訴他，該睡了，睡前拚命想事情會導致大腦過分活躍而失眠，可是他沒辦法控制自己。就算強壓下這些疑慮，他的思維也會飄到「身體靈魂不同步的問題何時解決」上。好不容易擺脫了這個問題，亢奮的精神又詭異地思索起「被半神親過的狗是智商超群還是力量驚人」。

總之，他翻來覆去到天快亮才睡著。親王的騎士們紛紛起床漱洗時，伯里斯還沒熟睡，就又被驛站親切的晨醒服務吵醒了。

今天上路之後，塔琳娜停止了哭泣，只是呆呆地盯著馬車內一角。看著她，伯里斯心裡一陣難過，如果這孩子真的遭受了「強制感染」，那麼恐怕任何法師都幫不上她的忙。這不是法師能夠插手的事情。

要是落月山脈的紅禿鷲沒發瘋該有多好。如果他沒有說什麼榴槤的詛咒，沒有被親王趕出城堡，那麼他也許能發現親王的女兒身懷天賦，並及時給予指導。哪怕塔琳娜不學習法術，哪怕她學藝不精只能隔空摘花，這就已經足夠讓她避開強制感染了。

這時，伯里斯突然想到了另一個問題。根據傳聞，親王的妻子也死得十分蹊蹺。從施法者的角度看來，她的死法非常像魔法失控。紅禿鷲很早就認識蘭托親王，所以應該也早就認識王妃，那時候他應該還很清醒。難道他從未發現王妃身上的異常嗎？還是說，王妃的死亡真的只是意外，而塔琳娜的症狀也另有原因？

致施法者伯里斯閣下及家屬

馬車走過一段崎嶇土路，又是一陣劇烈顛簸。塔琳娜整個人渾渾噩噩，連維持平衡也做不到，伯里斯又一次及時扶住了她。

一條銀色項鍊從塔琳娜的領口滑了出來，鍊子上掛著一片鑲著粉色歐泊石的貝殼形吊墜。吊墜可以像真的貝殼般打開，裡面嵌了一張小小的畫像。

伯里斯扶正女孩的身體，一手捏起吊墜。畫像是一位女子，面孔年輕，皮膚蒼白，一頭火焰般的紅髮，至於長相如何，就看不清楚了。這種紀念畫像尺寸太小，對畫中人的描摹往往並不精準。

畫中的人應該是塔琳娜的母親，原來王妃殿下也是紅髮啊。伯里斯想像中她應該是個美麗開朗的人，這是大多數人對紅髮女子的刻板印象。

蘭托親王和國王一樣是金髮，他的兒女也都遺傳了他的金髮。看來王妃殿下是親王身邊唯一的紅髮之人了。

不，親王認識的紅髮之人的還有一個，那就是紅禿鷲。據說他的頭髮鮮紅，但頭頂光禿一片，所以才有了「紅禿鷲」這個綽號。不過，紅禿鷲到底叫什麼名字？

突然，車窗外傳來兩聲慘叫。一個聲音是黑松，另一個不知是誰。伯里斯還未做出反應，夏爾便挑開了馬車窗簾：「不好了！法師閣下，您快出來看看！」

「囚犯逃了？」

「那倒沒有，您下來看看吧，我不知道怎麼形容。」

夏爾留在車邊保護妹妹，伯里斯下了馬車，發現洛特和親王的騎士都聚集在道旁微微隆起的丘陵草地上，似乎正在遙望著什麼驚人的畫面。

剛才慘叫的人是黑松和諾拉德。黑松飄在隊伍旁邊，首先看到了丘陵另一側的東西並大聲喊叫。諾拉德離黑松不遠，聽到叫聲後他策馬登上小山丘，然後叫得比黑松還要悽慘。

看到小山丘後面的情形，連伯里斯都倒吸了一口涼氣。那是一片廣闊的墓園，放眼望去，園內起碼有數百個石碑，每塊石碑下的墓穴都被掘開了，墓穴中的棺木都被鑿出了一個大洞。

土地是從內向外被挖開的，棺木也是由內而外被鑿破。視野可及之處，所有墳墓都是這樣。

「你看！」發現伯里斯過來了，洛特興奮地指著其中幾個墳墓。這些墳墓內的屍體有的被卡在棺木的缺口上，有的因為土壤太滑而爬不出來，還有的已經離開了墳墓，卻因為下肢殘缺站不起來，正在拚命蠕動著前進。附近的土地上還殘留著一些拖曳的痕跡，應該是已經離開的屍體們留下的，而所有痕跡都朝向同一個方向。

伯里斯看向黑松。黑松現在已經冷靜下來了，開始皺著眉頭偵測附近的魔法波動。

致施法者伯里斯閣下及家屬

回想起來，從前這個精靈在塔裡時就十分膽小，經常被嚇到，但那時他至少能忍住不大喊大叫。伯里斯一直不明白為什麼死靈法師看到屍體也會尖叫，也許就像牧師中也有人怕鬼故事一樣吧。

伯里斯左右察看：「這是什麼地方？」

諾拉德湊到法師身邊，好像覺得這樣比較安全：「墓地西邊不遠處有個小鎮，這裡埋的大部分都是鎮上的死者。啊！那個死人在看我！」

「它沒看你，它只是在擺頭。」伯里斯閃開了一步，沒讓諾拉德摟住他，「你們來的時候是走這條路嗎？當時墓園附近有沒有異常情況？」

「來的時候我們根本沒有注意這些。三善神在上，它們這是怎麼了？」

「它們……」伯里斯望向北方，下面的屍體好像對活人根本不感興趣，看都不看他們一眼，「也許它們的目的地和我們一樣。」

銀隼堡，蘭托親王的領屬地，以及薩戈最西北的邊界——落月山脈。從泥土上的痕跡來看，爬出來的屍體都朝落月山脈而去了，殘缺不全的屍體們也正緩慢地向北方蠕動。

伯里斯嘆著氣走向其中一具屍體，將手掌懸在它的背部上方，默念出咒語。屍體在咒語中逐漸失去活性，不再動彈，變回了真正的死物。

看到「小法師」的行動，黑松也趕緊找了具屍體，施展出同樣的法術。在施法的間隙，精靈皺眉嘟囔著：「奇怪了，如果我們這麼容易就能讓它們失去活性，那就說明喚起它們的人也沒有多厲害啊？可是如果那個人很弱小，他又怎麼可能喚起這麼一大群屍體，並操縱它們……」

伯里斯已經做出了判斷，卻不敢立刻說出來，他擔心嚇到親王和他的孩子們。

他認為，這些屍體不僅是被某個人喚起的，而是被一種更強大的力量吸引著。它們不是因為命令而向落月山脈前進。如果真的存在操縱者，伯里斯和黑松就必須先破除那個人的法術，然後才能讓屍體失活；而現在他們直接安撫了屍體，就說明這些屍體是自己活過來的。

「惡人操縱屍體」對騎士們來說並不恐怖，大家都知道屍體只是武器，只要處理掉操縱者就好了；可「屍體自行復活並向某地集結」就有點超過一般人的認知。連伯里斯都有點脊背發寒，更別提其他人會怎麼想了。

他們不能停留太久，必須抓緊時間趕路。情況越是詭異，他們越得早點趕到銀隼堡。

再次上路後，黑松緊緊跟在騎士的佇列後面，諾拉德也安靜了下來。夏爾和洛特一左一右騎行在馬車邊。馬車裡，塔琳娜雙目空洞無神，手指不時抽搐一兩下，嘴唇翕動而不出聲，好像在對著什麼別人看不見的東西默語。

現在到處都是異常的魔法波動，就像時緩時急的旋風一樣無處不在。伯里斯又睏又擔憂，他想趁著安靜時刻好好補眠，又怕隊伍突發意外。

又是一天過去，隊伍提前抵達了位於白鵝村的官道驛站。他們原定計畫要在這裡享用午餐並稍作休息，下午再走一段時間，傍晚前進入銀隼堡。可是到了驛站附近，領隊的騎士卻不知道應不應該停下。

起霧了。村外官道上只有一些薄霧，但越向前走，霧氣就越濃。中午的白鵝村一片寂靜，村外的田野和果園裡都沒有人在耕作，遠處也沒有兒童嚷著肚子餓返家的聲音。再向裡面走，騎士們驚訝地看到村內的房屋竟然全都關門閉戶，連狗都不在院子裡了。一名士兵敲了敲驛站的門，過了好一會兒，二樓的木窗打開了一條縫隙，驛站老闆在窗內興奮地大叫起來。

將親王一行人迎進屋後，老闆趕緊重新反鎖大門。侍女們端來食物，心有餘悸地簡述了村子的情況。

就在不久前，附近數個村落發生了極為恐怖的死者復生現象。墓地一個個被翻開，死者不分白天黑夜地往外爬。殘缺的屍體掙扎著爬行，完整的屍體則跑得像活人一樣快，連嘎吱作響的白骨也搖晃著跟在後面。村衛隊和一些大膽的農民前去攔截，卻根本不是屍體的對手。與此同時，一場大霧籠罩了附近好幾個村鎮，本地屍體不停復甦的同時，又有來自其他墓地的屍體蜂擁而至，穿過白鵜村。

值得慶倖的是，這些屍體似乎不怎麼在乎逃跑的村民，它們橫衝直撞，全都跑向落月山脈的方向。即使如此，村中也有人在混亂中受傷甚至死亡，有些衛兵因試圖阻止屍體前進而被圍攻撕咬，還有個農民被自己父親的屍體活活捏碎了頸骨。

聽了侍女和驛站老闆的陳述，親王決定帶著食物立即上路。附近的村鎮已經如此，銀隼堡內又會是什麼樣的局面？

離開驛站時，外面的霧更濃了。伯里斯剛想上馬車，卻看到洛特牽著馬站在一邊，望著北方發愣。

「大人？」法師走過去，輕聲問，「您是不是感覺到什麼了？」

洛特恍惚了一下才轉過身。他沒有立刻回答，而是反問伯里斯：「你看這霧氣，還有山脈中流溢出來的波動……你是不是也感覺到了？」

伯里斯點點頭：「是的，我不僅感覺到了，也施法分辨過了。」

「你覺得這是什麼？」

「這根本不是死靈法術。」伯里斯壓低聲音，「這是煉獄元素魔法。」

聽到這個判斷，骸骨大君毫不驚訝：「你很擔心嗎？」

「您難道不擔心嗎？」伯里斯也順著骸骨大君的目光看去，他看不見霧氣以外的任何東西，「煉獄與人間互為流放位面，彼此之間早就毫無聯繫。在這世上，只有少數從遠古留傳至今的法器上還殘留著煉獄元素，那些元素可用的範圍很小，幾乎只能用於實驗室內，不可能瀰散至這麼大的範圍，更不會喚起死者。現在的情況，就像是有活生生的煉獄生物藏在不遠處，或者有某個位面薄點連通了煉獄……」

洛特撫了撫伯里斯的肩頭：「不會的，沒有那麼可怕。」

「您要找的位面薄點該不會是這種吧？」

「當然不是，我找煉獄有什麼用？煉獄生物比諸神還厭惡我。」

說著，他偷瞄了一眼身邊的法師。伯里斯憂心忡忡地望著別處，與頭髮同色的睫毛低垂著投下一小片影子，讓本就有些發青的下眼瞼更加沉暗，襯得他臉色越發蒼白。洛特哀傷地長嘆一口氣，前幾天伯里斯健健康康的樣子多好啊，現在他不化妝都憔悴得像黑松一樣，真是讓人心疼。

「親愛的，」洛特在法師耳邊說，「你不是怕煉獄元素，你是怕我。怕我和這一切有關係。」

伯里斯沒辦法否認，只能道歉：「很抱歉，大人。」

「沒事，我很清楚你是怎麼想的。你理智上信任我，但感情上又難免疑神疑鬼。這都是因為我太神祕、太有故事了。如果我也是一個二十歲的青年，你隨便查查我的底細就能把我看透，但我是半神，是異界生物，你看著別人的時候，就像在看一把牙刷，而看著我的時候，就像在看一把頭髮……」

前面還很正經，後面的例子卻讓伯里斯有點混亂了：「什麼頭髮？您到底在說什麼？」

「你能看清髮型，卻數不清一共有多少根毛髮，也看不透髮根上有沒有蝨子。」

伯里斯抬起頭，無言地看著骸骨大君的髮際線，一時找不到語言來回應。洛特又拍了拍他的肩，小聲說：「想想舞會上我說的話，我不會傷害你的。」

說完他就轉身上馬，沒有給伯里斯回答的機會。法師看著他的背影，腦袋一陣放空。

隊伍還在繼續行進。距銀隼堡越近，霧氣就越濃，在大路上看不見田埂，在馬車邊看不見隊尾。伯里斯偶爾望向隊伍前方，只能看到影影綽綽的幾個人影，卻分不清他們誰是誰。

這讓他想起了從前。

上次出現類似的情況，他坐的不是軟座馬車，而是囚車；迷濛住視野的也不是霧，而是漫無邊際的大雪。

——《致施法者伯里斯閣下及家屬 vol. 1》完

高寶書版集團
gobooks.com.tw

BL030
致施法者伯里斯閣下及家屬vol. 1

作　　者　matthia
繪　　者　shu
編　　輯　任芸慧
校　　對　任芸慧
美術編輯　林鈞儀
排　　版　彭立瑋
企　　劃　方慧娟

發 行 人　朱凱蕾
出　　版　英屬維京群島商高寶國際有限公司臺灣分公司
　　　　　Global Group Holdings, Ltd.
地　　址　臺北市內湖區洲子街88號3樓
網　　址　www.gobooks.com.tw
電　　話　(02) 27992788
電　　郵　readers@gobooks.com.tw（讀者服務部）
　　　　　pr@gobooks.com.tw（公關諮詢部）
傳　　真　出版部　(02) 27990909　行銷部 (02) 27993088
郵政劃撥　50404557
戶　　名　三日月書版股份有限公司
發　　行　三日月書版股份有限公司/Printed in Taiwan
初版日期　2020年 1 月
三刷日期　2020年12月

國家圖書館出版品預行編目(CIP)資料

致施法者伯里斯閣下及家屬/ matthia著.-- 初版. --
臺北市：高寶國際出版：三日月書版發行, 2020.01-
　冊；　公分. --

ISBN 978-986-361-761-7(第1冊：平裝)

857.7　　108018682

三日月書版

三日月書版

GOBOOKS
& SITAK
GROUP©